L'amour au bout du chemin

Barbara Cartland est une romancière anglaise dont la réputation n'est plus à faire.

Ses romans variés et passionnants mêlent avec bonheur aventures et amour.

Vous retrouverez tous les titres disponibles dans le catalogue que vous remettra gratuitement votre libraire.

Barbara Cartland

L'amour au bout du chemin

Traduit de l'anglais
par Michèle Lamot

Titre original :

NO TIME FOR LOVE

© Barbara Cartland, 1976
Pour la traduction française :
© Éditions de Trévise, 1977

1

1904

Comme elle remontait Wimpole Street, Larina Milton se souvint que les Barrett y avaient habité.

Son imagination la transporta aussitôt dans cette chambre où, plus d'un demi-siècle auparavant, se croyant atteinte d'un mal incurable, Elizabeth Barrett (1), la célèbre poétesse anglaise, avait gardé le lit des années durant.

Mais un jour, Robert Browning était entré dans sa vie, et tout avait soudain changé pour elle.

Comment je t'aime ? J'en veux dire la manière :
Je t'aime d'un amour profond, vaste et puissant,
Tel que mon âme en peut ressentir.

Se remémorant ces vers si beaux, Larina se

---

(1) Elizabeth et Robert Browning formèrent le couple le plus célèbre de la littérature anglaise. Ils furent tous deux de très grands poètes. Elizabeth est l'auteur des *Sonnets traduits du portugais*, un des chefs-d'œuvre de la poésie anglaise. Ils vécurent au XIXe siècle et la mort d'Elizabeth inspira à son mari ses œuvres les plus remarquables. (N.D.T.)

demanda si elle éprouverait jamais une telle passion.

« Si, à cet instant précis, un homme comme Robert Browning venait me demander de partir vivre en Italie avec lui, accepterais-je ? »

Cette pensée la fit rire, puis elle s'avoua qu'elle n'aurait jamais le courage d'Elizabeth Barrett.

Elle poussa un léger soupir.

« Il n'y aura jamais de Robert Browning pour moi. Il faut être réaliste et penser plutôt à chercher du travail. »

Combien de fois sa mère ne lui avait-elle pas reproché de rêvasser, de se laisser emporter loin du quotidien, dans un monde imaginaire où elle oubliait tout le reste !

Travail ! Travail ! Ce mot la harcelait, mais elle savait qu'il serait difficile de trouver un emploi.

Les jeunes filles de sa condition ne travaillaient pas ; elles restaient chez leurs parents à attendre le mariage, puis elles dirigeaient leur maison, laissant aux domestiques les soins du ménage.

Mais ces jeunes filles, ces demoiselles plutôt, avaient de l'argent, et la peur du lendemain fit soudain trembler Larina.

Elle savait que la maladie de sa mère épuiserait leur modeste fortune, mais seule avait compté sa guérison.

Malgré cela, rien n'avait pu sauver Mrs Milton et, lorsqu'elle était morte, Larina avait senti tout un monde s'écrouler autour d'elle.

Elle n'avait pas même envisagé, pendant ces

longs mois au sanatorium, ce que serait sa vie sans sa mère.

Soutenue par l'espoir que celle-ci vivrait, persuadée que ses prières seraient exaucées, elle avait vu l'avenir avec confiance.

Une fois de plus, elle s'était bercée d'illusions, elle avait vécu dans un rêve et le réveil avait été brutal.

Larina se rendit compte que, plongée dans ses réflexions, elle avait dépassé le numéro qu'elle cherchait, le 55, et était déjà arrivée au 73.

Elle revint sur ses pas et ne put s'empêcher, une fois encore, d'imaginer Robert Browning se dirigeant, comme elle, le long de Wimpole Street, vers la maison des Barrett.

L'expression animée, il devait marcher d'un pas rapide, dans son impatience de retrouver Elizabeth.

... Je t'aime avec les pleurs,
Le souffle, les bonheurs de toutes mes années ;
Et, morte, si Dieu veut, t'aimerai plus ailleurs.

Elizabeth avait dû écrire ces vers parce que la mort, qui la guettait sans relâche, occupait fatalement ses pensées.

Comment pouvait-elle être aussi sûre de vivre encore après la mort ? Comment pouvait-elle écrire que, où qu'elle fût, elle continuerait à penser à Robert et à l'aimer ?

Nul ne le saurait jamais. Arrivée au 55, Larina monta l'escalier.

Elle s'arrêta un instant, le regard posé sur cette porte d'un vilain vert foncé, au lourd marteau de cuivre et à la boîte aux lettres béante.

« C'est de l'argent perdu de venir ici, se dit-elle. Cela va sûrement me coûter une guinée, peut-être deux, et cela tombe vraiment mal. »

Elle hésitait.

Devrait-elle faire demi-tour ?

Elle se sentait trop bien pour être réellement malade. Mais le Dr Heinrich lui avait fait promettre qu'un mois après son retour en Angleterre, elle se ferait examiner par sir John Coleridge, médecin attitré de la famille royale.

— Je crois qu'il n'y a absolument aucun risque que vous ayez contracté la tuberculose au contact de votre mère, lui avait-il dit avec son mauvais accent anglais.

— J'ai suivi très scrupuleusement toutes vos recommandations, docteur. Je ne me suis jamais approchée des autres malades ailleurs qu'en plein air.

— En effet, vous vous êtes comportée très sagement, miss Milton, en visiteuse exemplaire, permettez-moi de vous le dire. Contrairement à beaucoup de parents de malades qui rendent ma tâche fort difficile.

— Je vous serai éternellement reconnaissante pour toutes vos bontés envers maman.

— Si seulement elle était venue me trouver plus tôt ! Je ne puis vous dire, miss Milton, combien je suis secoué lorsque je perds un de mes malades. Mais, dans le cas de votre mère, ses poumons étaient beaucoup trop infectés à son arrivée ici pour que mon traitement ou l'air merveilleux de la Suisse puisse la guérir.

— Maman était très jeune, avait-elle dit comme pour elle-même. Je croyais que cet élément jouerait en sa faveur.

— Oui, si elle était venue me trouver au moins un an plus tôt. J'aurais alors eu une chance de la sauver. (Le Dr Heinrich s'était tu un instant avant d'ajouter :) Je serai franc avec vous, miss Milton : votre mère ne m'a pas aidé autant qu'elle l'aurait pu. Lorsqu'un malade a le désir profond de vivre, lorsqu'il s'accroche à la vie de toutes ses forces, cela fait souvent beaucoup plus pour sa guérison que tous les médicaments que peut prescrire le médecin.

— Mon père manquait terriblement à maman. Ils avaient été si heureux ensemble ! Elle m'avait dit, un jour, que lorsqu'il était mort, ç'avait été comme si une moitié d'elle-même était partie avec lui. Elle avait perdu toute raison de vivre.

Percevant un léger tremblement dans sa voix, le docteur avait aussitôt enchaîné, sur un autre ton :

— Maintenant, c'est à vous que nous devons penser. Avez-vous une idée de ce que vous allez faire ?

— Je vais retourner à Londres. Après la mort de mon père, ma mère avait loué une petite maison à Belgravia. Nous l'avons sous-louée par la suite mais, pour le moment, elle est libre.

— Cela me rassure. Nous nous sommes tous attachés à vous et je n'aurais pas voulu vous savoir seule et sans abri après votre départ d'ici.

— Ne vous en faites pas pour moi, avait-elle répondu avec un optimisme forcé.

Elle ignorait encore, cependant, qu'il ne restait

plus rien de l'argent qu'avait laissé son père. Cette mauvaise surprise l'attendait à son retour en Angleterre.

— Il y a une chose que vous devez me promettre, avait dit alors le Dr Heinrich.

— Laquelle ?

— C'est qu'un mois après votre retour à Londres, vous irez voir mon ami, sir John Coleridge, pour un examen général. Je ferai tous les examens possibles avant votre départ. Mais il ne faut pas oublier que vous avez vécu durant près de douze mois avec des personnes atteintes d'une maladie, hélas ! presque incurable, pour l'instant du moins.

— Mais on découvrira bien un jour un remède contre la tuberculose ? s'était-elle écriée.

— Les chercheurs travaillent sans répit. Mais, sans vouloir me vanter, je dirai que jusqu'à présent, mon traitement est celui qui donne les meilleurs résultats. Certains de mes confrères plus traditionalistes ne le considèrent pas d'un très bon œil, mais plusieurs de mes malades quittent le sanatorium en meilleure santé qu'auparavant.

— Tout le monde, ici, chante vos louanges.

— Il m'arrive pourtant d'échouer, comme, malheureusement, dans le cas de votre mère. C'est pourquoi vous devez me promettre de vous faire faire un examen complet non seulement dans un mois, dans de nouveau... disons, dans six mois. (Devant son expression inquiète, le docteur avait ajouté :) Je ne veux pas vous effrayer. Je suis absolument persuadé qu'il n'y a pour ainsi dire aucun risque que vous ayez contracté la tuberculose au contact de votre mère ou d'un autre malade. Mais l'expérience m'a appris qu'il valait beaucoup mieux prévenir que guérir.

— Vous avez ma promesse, avait-elle assuré.

— Sir John vous dira, après vous avoir examinée, quand vous devrez retourner le voir et il faudra lui obéir.

Elle avait acquiescé d'un signe de tête, pensant qu'il serait déplacé et ingrat de sa part de discuter, après toutes les bontés qu'avait eues le Dr Heinrich pour sa mère et elle.

Parce que son père avait été médecin, il les avait accueillies à des conditions très avantageuses qu'auraient pu, à juste titre, leur envier certains pensionnaires de ce luxueux sanatorium.

Malgré cela, elle savait que leur modeste fortune n'y résisterait pas ; mais qu'importait alors l'argent, si ce sacrifice pouvait assurer la guérison de sa mère ?

Surmontant ses hésitations, Larina étendit la main vers la sonnette située à droite de la porte. Elle vit, au-dessus, un petit écriteau qui précisait :

La sonnette ne fonctionne pas. Prière de frapper.

Soulevant alors le lourd marteau de cuivre, elle frappa deux coups.

Après quelques instants, elle entendit des pas sur ce qui semblait être un sol de marbre, puis la porte s'ouvrit.

Au lieu du domestique qu'elle s'attendait à voir, Larina trouva devant elle un homme vêtu de la redingote noire traditionnelle des médecins, portant un haut col empesé et une cravate noire nouée avec soin et retenue par une épingle ornée d'une grosse perle blanche.

— J'ai rendez-vous avec sir John Coleridge, dit-elle, mal à l'aise.

— Miss Milton, je suppose ? Je vous attendais. Entrez donc.

— Etes-vous sir John ?

— Mais oui !

Larina entra tandis qu'il refermait la porte derrière elle.

Sachant qu'elle devait trouver curieux qu'il ouvrît la porte lui-même, sir John expliqua :

— Ma secrétaire est sortie déjeuner, et les domestiques ont la grippe, comme beaucoup de personnes à cette époque de l'année.

— Oui, bien sûr, je comprends, répondit Larina avec, malgré tout, une certaine appréhension.

Traversant le vestibule, sir John la conduisit vers une pièce qui donnait sur l'arrière de la maison.

C'était un cabinet de consultation classique, dont elle n'avait que trop l'habitude.

Face à un bureau massif et impressionnant, recouvert de cuir, était placée une chaise inconfortable à dossier droit. Contre un mur, un paravent dissimulait en partie un divan et la bibliothèque était garnie d'ouvrages médicaux.

Sur une table se trouvaient des instruments à l'aspect inquiétant, soigneusement alignés sur un linge immaculé.

— Asseyez-vous, miss Milton, dit sir John en s'installant à son bureau.

Il ouvrit une chemise qui contenait, comme le vit Larina, une lettre du Dr Heinrich. Posant son binocle sur son nez, il prit la lettre et la lut attentivement.

— Le Dr Heinrich me dit que votre mère est morte de la tuberculose. Il me demande de vous examiner pour m'assurer que vous n'avez pas été contaminée.

— Le Dr Heinrich m'a examinée avant mon départ du sanatorium et les résultats étaient tous négatifs.

— C'est ce qu'il me dit dans sa lettre.

Sir John fit cette remarque avec un léger reproche dans la voix, comme si Larina lui avait ôté les mots de la bouche. Après un petit silence, il reprit :

— Je suis désolé que le Dr Heinrich n'ait pas pu sauver votre mère.

— Il a fait tout ce qui était humainement possible.

— Et que peut-on demander de plus, même à un médecin ? Fort bien, mademoiselle. Déshabillez-vous derrière le paravent. Vous y trouverez un vêtement ; passez-le, puis allongez-vous sur le divan. Vous m'appellerez quand vous serez prête.

Larina obéit.

Elle enleva la robe simple, d'un prix modique, qu'elle avait achetée avant de partir pour la Suisse et la posa sur la chaise.

Il ne lui fallut pas longtemps pour ôter ses jupons et ses sous-vêtements.

Puis elle enfila la blouse d'hôpital toute droite en toile blanche qu'elle trouva au pied du divan.

— Je suis prête, dit-elle en s'allongeant et en appuyant la tête sur le petit coussin dur.

Sir John traversa le cabinet d'un pas pesant et repoussa le paravent pour mieux laisser passer la clarté provenant de la grande fenêtre.

— Vous avez dix-neuf ans, c'est cela, miss Milton ?

— Presque vingt.

Sir John avait déjà placé les écouteurs du stéthoscope dans ses oreilles et ne l'entendit sans doute pas.

« Presque vingt ans ! songea Larina. Je ne connais rien de la vie, et je ne sais pas faire grand-chose ! »

Tout ce qu'elle pouvait dire en sa faveur, c'était qu'elle avait toujours beaucoup lu.

Son père l'avait encouragée à lire les livres qu'il appréciait : essentiellement des ouvrages sur les civilisations antiques, pas très utiles, faisait souvent remarquer sa mère, pour apprendre à vivre à l'époque actuelle.

« Au lieu d'étudier l'antiquité gréco-romaine, se dit-elle, j'aurais dû apprendre la sténographie et la dactylographie. »

Les grosses machines à écrire bruyantes comme elle en voyait dans les bureaux et comme en utilisait autrefois la secrétaire de son père gardaient tous leurs secrets pour elle.

Elle pensa qu'elle avait été bien sotte de ne pas profiter de l'occasion pour essayer au moins d'en comprendre le maniement.

Elle avait tout juste dix-sept ans lorsque son père était mort et elle prenait encore des leçons particulières à domicile. « Je ne veux pas d'institutrice à demeure, avait fermement déclaré celui-ci. Et je ne trouve pas bon que les filles aillent au collège et acquièrent des idées d'indépendance. La place de la femme est au foyer. »

« Je serais volontiers du même avis, se dit-elle, à condition d'avoir un foyer. »

La voix de sir John la sortit de sa rêverie.

— Mettez-vous à plat ventre que je vous ausculte de dos.

Larina obéit et sentit le stéthoscope sur sa peau.

« Je me demande combien cela va me coûter. Que d'argent et de temps perdus ! »

— Vous pouvez vous rhabiller, miss Milton.

Sir John se retira en refermant le paravent. Larina se leva et commença à s'habiller.

Elle portait un corset très léger, n'ayant aucun besoin d'un laçage serré pour comprimer sa taille qui mesurait même un peu moins que les quarante-sept centimètres idéaux.

Elle savait bien, cependant, que le reste de sa silhouette était beaucoup trop mince pour le goût du jour.

— Il faut manger davantage, ma chérie, lui avait dit un jour sa mère en Suisse. Crois-tu vraiment que ce soit bon pour toi de faire d'aussi longues marches ?

— Je ne peux pas rester tout le temps assise à ne rien faire, maman, et j'adore marcher. Les montagnes sont si belles et j'aimerais tant pouvoir t'emmener avec moi dans les sentiers forestiers ! Ces bois sont pleins de mystère. Ils me font penser à tous les contes de fées que tu me racontais autrefois.

— Tu les aimais tant, quand tu étais petite ! avait dit sa mère en souriant.

— Je me souviens d'une histoire que tu m'avais lue sur les dragons qui vivaient au cœur d'une pinède. J'y crois encore !

Sa mère avait ri.

— Ton élément, c'est la mer. C'est pourquoi je t'ai appelée Larina.

— « Fille de la mer ! » s'était-elle exclamée. Je ne sais pas si j'ai des affinités avec la mer ; nous n'y avons jamais passé suffisamment de temps pour que je puisse m'en rendre compte. Ici, en tout cas, j'ai l'impression d'être une fille des montagnes.

— Du moment que tu ne t'ennuies pas trop, ma chérie... avait murmuré sa mère.

— Je ne m'ennuie jamais, avait-elle répondu en toute sincérité.

Larina mit son chapeau et, le fixant solidement avec deux longues épingles, elle ouvrit le paravent et revint vers le bureau où était assis sir John.

Il écrivait sur une feuille de papier ministre, en haut de laquelle elle vit son nom.

— J'ai un aveu très pénible à vous faire, dit le médecin.

— Qu'y a-t-il ?

Il lui semblait que son cœur avait cessé de battre et toutes les fibres de son corps étaient tendues à se rompre.

— Vous n'avez pas contracté la maladie qui a tué

votre mère, mais il ne vous reste, en fait, que trois semaines à vivre !

Tandis qu'elle regagnait la petite maison d'Eaton Terrace, Larina se demandait si sir John avait réellement prononcé ces paroles.

Son esprit était comme paralysé et elle refusait de croire le diagnostic fatal du médecin.

Dans l'omnibus à chevaux qu'elle avait pris pour faire une partie du chemin, elle se demandait, en regardant les autres voyageurs, quelle serait leur réaction si elle leur disait que l'on venait de prononcer son arrêt de mort.

Lorsque sir John eut achevé sa phrase, elle le regarda d'un air médusé, si atterrée que sa voix s'étranglait dans sa gorge.

— Il m'est très pénible de devoir vous parler ainsi, poursuivit le médecin, mais je suis absolument certain de ce que j'affirme. Vous êtes atteinte d'une maladie cardiaque très rare, mais que j'étudie, justement, depuis des années. (Il se racla la gorge avant de continuer :) Chaque fois qu'un confrère soupçonne l'existence de cette maladie, il m'envoie son patient pour un diagnostic définitif. Je ne peux donc vous conseiller de demander un second avis.

— Est-ce que... l'on souffre ? réussit-elle à murmurer.

— Dans la plupart des cas, on ne souffre absolument pas, la rassura sir John. Je ne vais pas entrer dans tous les détails médicaux, mais ce qui se produit, en réalité, c'est que le cœur cesse subitement de battre. Cela peut arriver pendant le sommeil ou, aussi bien, pendant que l'on est assis, que l'on marche ou que l'on danse.

— Et... il n'existe... aucun remède ? implora-t-elle.

— Le corps médical n'en connaît aucun, pour l'instant. Tout ce que je puis vous affirmer, et je fais autorité en la matière, c'est que, le moment venu, la mort est instantanée, et que lorsqu'on diagnostique l'affection à son début, comme dans votre cas, il reste au malade exactement vingt et un jours à vivre.

— Vingt et un jours! répéta-t-elle d'une voix éteinte.

Tandis que Larina traversait Sloane Square en direction d'Eaton Terrace, le bruit de ses pas sur le trottoir lui semblait être l'écho du nombre fatal. Vingt et un! Vingt et un! Vingt et un!

Elle mourrait donc le 15 avril.

C'était une époque de l'année, songea-t-elle avec mélancolie, qu'elle avait toujours aimée. Les coucous auraient fait leur apparition, les bourgeons éclateraient sur les arbres, les marronniers seraient en fleur et le soleil serait d'autant plus apprécié, après la grisaille de l'hiver.

Mais le 16 avril, elle ne serait plus là pour en profiter!

Elle sortit sa clef de son sac et ouvrit la porte du 68, Eaton Terrace.

En pénétrant dans le couloir étroit, sur lequel donnait une petite salle à manger avec, à l'arrière, un minuscule bureau, elle fut frappée par le silence de la maison vide.

Si seulement sa mère avait été dans la salle à manger, elle aurait pu courir lui raconter ce qui s'était passé !

« Maman m'aurait tendu les bras et m'aurait serrée contre son cœur », songea-t-elle.

Mais plus personne, maintenant, n'était là pour l'aider. Alors, enlevant son chapeau, Larina gravit l'escalier à pas lents.

Dans quelque coin indifférent de son esprit, elle se fit la réflexion que le tapis était râpé : il avait dû faire beaucoup d'usage, pendant le séjour des locataires.

« Mais qu'importe, maintenant ? » se dit-elle aussitôt avec amertume.

Dans vingt et un jours, elle ne serait plus là pour remarquer que le tapis était élimé, que les rideaux du salon étaient fanés ou qu'il manquait une pomme au lit de cuivre de sa chambre.

Vingt et un jours !

Elle monta jusqu'au second étage où se trouvait sa chambre.

La maison n'en comportait que deux, exception faite d'une pièce sombre et sans air, au sous-sol, prévue pour la domestique qu'elles n'avaient jamais pu s'offrir.

Sa mère occupait la chambre en façade du second étage et Larina avait établi son domaine dans une toute petite chambre à l'arrière.

Elle y entra et regarda autour d'elle. Cette pièce

renfermait tout ce qu'elle possédait, tous les petits trésors qu'elle avait accumulés depuis son enfance.

Il y avait même un ours en peluche qu'elle avait chéri et avec lequel elle s'était endormie tous les soirs pendant des années, une poupée qui ouvrait et fermait les yeux et, dans la bibliothèque, à côté des volumes qu'elle avait acquis par la suite, ses tout premiers livres d'enfant.

« C'est bien peu, pour toute une vie ! » se dit-elle.

Alors, l'horreur de ce qu'elle venait d'apprendre la submergea comme une marée et elle alla se mettre devant la fenêtre, regardant pensivement les toits gris et les arrière-cours des maisons avoisinantes.

— Que faire ? A qui me confier ?

C'est alors qu'elle se souvint d'Elvin et cette pensée fut pour elle ce qu'est la bouée de sauvetage pour l'homme qui se noie.

Elle s'étonna de n'avoir pas songé à lui dès l'instant où sir John avait prononcé son arrêt de mort.

Sans doute le choc l'avait-il plongée dans une sorte de torpeur qui l'empêchait de penser à autre chose qu'aux vingt et un jours qu'il lui restait à vivre.

Elvin aurait compris exactement ce qu'elle éprouvait ; Elvin aurait su, comme lui seul en était capable, lui faire voir les choses tout différemment.

Ils avaient parlé de la mort dès leur première rencontre.

Ce jour-là, sa mère s'était sentie très mal, et

Larina décela de l'inquiétude dans l'expression du Dr Heinrich.

— Vous ne pouvez rien faire, lui dit-il. Allez vous asseoir dans le jardin ; je vous appellerai si votre mère a besoin de vous.

Elle comprit que, si on l'appelait, ce ne serait pas, parce que sa mère aurait besoin d'elle, mais parce que le Dr Heinrich saurait qu'elle était sur le point de mourir.

Tournant les talons, elle se précipita à l'aveuglette dans le jardin du sanatorium.

Pour la première fois, elle ne remarqua ni l'éclat des fleurs ni la beauté des sommets neigeux que, d'ordinaire, elle ne pouvait contempler sans sentir la joie dilater son cœur.

Elle s'éloigna des bâtiments pour aller s'asseoir, à l'abri des regards, sur un banc dans la pinède, placé là à l'intention des malades qui ne pouvaient pas marcher très longtemps.

Le silence y était profond, rompu seulement par le bruit de la cascade qui dégringolait à flanc de montagne jusqu'à la vallée, tout en bas, et par le bourdonnement des abeilles butinant parmi les plantes qui poussaient entre les rochers.

Pensant que personne ne pouvait la voir, elle enfouit son visage dans ses mains et éclata en sanglots.

Il devait y avoir un long moment qu'elle pleurait lorsqu'elle perçut un mouvement à côté d'elle et qu'une voix d'homme lui demanda avec douceur :

— C'est à cause de votre mère, que vous pleurez ?

Le visage encore ruisselant de larmes, elle tourna la tête vers son interlocuteur.

Il vint s'asseoir auprès d'elle et elle reconnut Elvin Farren, un Américain auquel elle n'avait jamais adressé la parole, car il occupait un chalet individuel dans le parc du sanatorium et ne prenait jamais ses repas dans la salle à manger commune.

— Maman n'est pas morte, dit-elle très vite comme pour répondre à une question informulée, mais je sais que le Dr Heinrich pense que la fin est imminente.

Tout en parlant, elle avait sorti son mouchoir de sa ceinture et séché ses larmes d'un geste brusque. Elle avait honte de s'être ainsi abandonnée à son chagrin.

— Vous devez garder l'espoir qu'elle guérira, lui dit Elvin.

Elle resta un moment silencieuse avant de répondre :

— J'ai peur ; mais chacun, je suppose, a peur de la mort.

— De celle des autres, peut-être, mais pas de la sienne propre.

En le regardant, elle comprit qu'il était très malade. Il était extrêmement maigre ; sa peau était presque transparente, et ses pommettes en feu indiquaient clairement son état.

— Vous n'avez donc pas peur ? lui demanda-t-elle.

Il lui sourit, et son visage s'en trouva transformé.

— Non.
— Comment faites-vous ?

Il tourna son regard vers les montagnes, où le reflet du soleil sur les neiges éternelles était presque aveuglant.

Au bout d'un moment, il demanda :

— Voulez-vous une réponse sincère, ou la réponse classique ?

— Je veux une réponse sincère. La mort me fait peur parce qu'on doit se sentir si seul. (Pensant à elle-même, elle ajouta :) Non seulement celui qui meurt, mais aussi ceux qui restent.

— Pour celui qui meurt, c'est une aventure, une délivrance de l'âme, à laquelle il ne peut qu'aspirer. (D'un coup d'œil rapide, il s'assura qu'elle le suivait, puis il poursuivit :) N'avez-vous jamais songé combien notre corps nous embarrasse ? Sans lui pour nous enchaîner, pour nous garder les pieds sur terre, en quelque sorte, nous pourrions nous envoler où bon nous semble. Vers d'autres parties du monde, vers la lune ou, plus particulièrement, vers la quatrième dimension.

— Je crois... comprendre... ce que vous voulez dire, répondit-elle, hésitante.

Le regard de ses yeux gris, dans son visage ovale, reflétait l'étonnement qui l'avait saisie.

Jamais personne ne lui avait parlé ainsi.

— Quant à se sentir seul tant qu'on est sur terre, continuait Elvin, mais c'est impossible, voyons !

— Pourquoi ?

— Parce que nous faisons partie de tout ce qui vit. Regardez ces fleurs. (D'un geste, il indiqua une petite touffe de gentianes bleues sur les rochers devant eux.) Elles vivent, au même titre que vous et moi. Et non seulement elles sont vivantes, mais elles sont douées de sensibilité, tout comme nous.

— Comment savez-vous cela ?

— J'ai un ami qui étudie les réactions des végétaux depuis plusieurs années. Il croit, et moi aussi, que les plantes sont capables de sensations, parce qu'elles sont animées, comme nous, par cette force cosmique que nous appelons la vie.

— Expliquez... expliquez-le-moi, supplia-t-elle.

Elle était fascinée par ce que lui disait cet étranger et elle se tourna vers lui, sentant obscurément qu'il lui fallait se rapprocher de lui.

— Les bouddhistes ne cueillent jamais les fleurs, poursuivit Elvin. Ils croient qu'il leur suffit de toucher une fleur et de l'aimer pour partager sa vie et pour qu'elle devienne ainsi une part d'eux-mêmes. (Avec un sourire, il ajouta :) Dans mon pays, les Indiens, lorsqu'ils ont besoin d'énergie, vont dans un bois comme celui-ci. Ils s'adossent à un pin, les bras en croix, et se remplissent de sa force.

— Je le comprends et je suis sûre que c'est vrai. Je me suis souvent dit, en me promenant seule dans les bois, que les arbres étaient réellement vivants, qu'il se dégageait d'eux une sorte de vibration.

— Alors, comment pourriez-vous vous sentir seule, quand la vie vous entoure de toutes parts ?

Elle n'avait eu aucun mal à le comprendre lorsque, assis dans la sapinière, ils regardaient les fleurs. Mais maintenant, entre les quatre murs de sa chambre d'Eaton Terrace, elle se sentait désespérément seule et perdue.

Si seulement elle pouvait parler à Elvin, comme ils l'avaient fait si souvent après cette première rencontre !

L'état de sa mère s'était amélioré et le Dr Heinrich l'avait déclarée hors de danger dans l'immédiat. Larina était allée trouver Elvin sur le balcon de son chalet isolé, car elle voulait partager sa joie avec quelqu'un.

Il l'invita à s'asseoir et elle constata que, de son balcon, on avait une vue encore plus magnifique sur la vallée en contrebas et sur les montagnes alentour.

Au début, elle craignait de lui imposer sa présence. Mais très vite, elle comprit qu'il était heureux de la voir, et quand elle n'était pas auprès de sa mère, elle se dirigeait vers le balcon d'Elvin, où ils conversaient, assis dans l'air vif et pur.

Leurs entretiens portaient presque toujours sur les manifestations mystiques qui, selon Elvin, existaient dans les autres dimensions.

— Le monde matériel dans lequel nous vivons n'est qu'une ombre du monde à venir, qui est immatériel et beaucoup plus évolué, mentalement et spirituellement, disait-il.

— Mais si, comme c'est mon cas, on n'est pas assez intelligent pour le comprendre ?

— Il faut alors rester ici-bas, pour continuer à apprendre et à évoluer, jusqu'à ce que l'on soit capable de comprendre.

Il avait tant à lui apprendre qu'elle se mit à compter les heures qui la séparaient de la visite suivante.

Il arrivait pourtant qu'Elvin se sentît trop mal

pour aller même jusqu'à son balcon et elle devait alors attendre impatiemment qu'il allât mieux pour le revoir.

Elle savait, avant même qu'il ne lui en parlât, qu'il n'avait plus longtemps à vivre.

— J'ai presque hâte de mourir, lui confia-t-il un jour. Il y a, dans l'au-delà, tant de choses que je veux connaître, que je veux découvrir.

— Ne dites pas cela, je vous en supplie.

— Pourquoi ?

— Parce que si vous disparaissez, je n'aurai plus personne pour m'expliquer toutes ces choses ; et lorsque viendra pour moi le moment de mourir, j'aurai peur... très peur.

— Je vous ai dit qu'il n'y a aucune raison d'avoir peur.

— Parce que vous, vous êtes certain de ce que vous allez trouver après la mort. Moi, je n'en suis pas si sûre. Je veux croire à ce que vous me dites et, tant que je suis avec vous, j'y parviens ; mais dès que je suis seule, je me remets à douter.

Elvin lui sourit comme à une enfant.

— Lorsque viendra pour vous le moment de mourir, ce qui n'arrivera pas avant très, très longtemps, appelez-moi et je viendrai.

Elle tourna vers lui un regard incrédule.

— Vous voulez dire que... ?

— Où que je sois, quoi que je fasse, si vous avez besoin de moi, si vous m'appelez, je vous entendrai.

Elvin posa une main sur la sienne.

— Nous allons faire un pacte, Larina. Lorsque je

mourrai, je vous appellerai et lorsque vous mourrez, vous m'appellerez.

— Rien ne dit que je ne mourrai pas avant vous. Je pourrais tomber dans un précipice ou disparaître dans un accident de train.

— Si c'était le cas, répondit Elvin avec gravité, appelez-moi et je viendrai.

— Vous me le promettez ?

— Je vous le promets ! Et vous aussi, vous devez venir à moi. (En serrant sa main un peu plus fort, il ajouta :) Il n'y a personne au monde dont je souhaiterai davantage la présence quand mon âme prendra son essor.

A la façon dont il dit ces mots, Larina comprit que c'était non seulement le plus grand compliment qu'il pût lui faire, mais aussi, pour lui, une façon d'exprimer son amour.

Elle n'avait presque aucune expérience des hommes, en ayant connu si peu dans sa vie ; mais elle était assez femme pour s'apercevoir que le visage maigre d'Elvin s'illuminait dès qu'il la voyait paraître et la façon qu'il avait de la regarder ne lui laissait aucun doute sur ses sentiments.

S'il n'avait pas été si émacié par la maladie, qui, souvent, déclenchait chez lui de violentes quintes de toux qui l'épuisaient, il aurait pu être très beau.

Mais son mal le consumait et elle savait que, bien qu'il n'eût que vingt-cinq ans, il ne vivrait pas longtemps.

S'ils s'étaient connus avant la maladie d'Elvin, se demandait-elle parfois, lorsqu'elle pensait à lui dans l'obscurité de la nuit, seraient-ils tombés amoureux l'un de l'autre ?

Elle l'aimait tel qu'il était, mais d'un amour fraternel.

Elle recherchait sa compagnie, aimait lui parler, mais il souffrait trop pour qu'elle pût voir en lui un homme attirant, un homme à qui elle pourrait donner son cœur.

Néanmoins, lorsque Elvin lui annonça un jour qu'il repartait en Amérique, elle se sentit complètement désemparée.

— Mais pour quelle raison ? lui demanda-t-elle.

— Je veux voir ma mère. Elle est malade et, étant donné que je suis le benjamin de la famille, elle m'est peut-être plus attachée qu'à mes frères.

— Combien de frères avez-vous ?

— Trois. Ils sont tous brillants, très occupés par leur carrière et leur famille. Nous avons aussi une sœur qui est mariée. Je suis le bébé de ma mère et je sais qu'en ce moment, elle a besoin de moi. Je dois donc me rendre auprès d'elle.

— Supporterez-vous le voyage ?

— Même si je ne le supporte pas, qu'importe ? répondit-il avec un de ses sourires enjôleurs.

— Mais cela m'importe, à moi ! s'écria-t-elle. Elvin, vous allez tellement me manquer ! Ce sera terrible, ici, sans vous. (Après un silence, elle ajouta :) C'était supportable avant de vous connaître, même si je me sentais parfois seule au milieu de tous ces malades. Mais, maintenant que j'ai pris goût à votre compagnie, que vais-je faire de mes journées si je ne peux plus vous voir, vous parler ? Je vais être affreusement seule.

— Je vous ai dit qu'on n'est jamais seul. Quand vous vous assiérez dans le jardin ou sur le banc dans la sapinière où nous nous sommes rencontrés la première fois, imaginez que je suis près de vous, car en fait j'y serai. Je penserai à vous, et tout ce qui en moi compte vraiment viendra vous retrouver, que je sois alors en Amérique ou ailleurs, dans ce monde ou dans l'autre.

— Croyez-vous réellement à la télépathie ?

— Absolument ! La pensée est ce qu'il y a de plus puissant. Elle voyage plus vite et plus sûrement que tout ce que pourra jamais inventer l'homme et elle peut nous apporter tout ce que nous désirons, si nous le désirons intensément.

— Je penserai à vous, promit-elle.

— Croyez profondément que je suis auprès de vous et j'y serai.

Pourtant, une fois Elvin parti, une fois déserté le chalet où ils se retrouvaient, rien ne fut comme avant.

Comme il le lui avait demandé, elle s'asseyait dans le jardin pour penser à lui ou allait souvent, parfois deux fois par jour, jusqu'au banc dans la sapinière. Mais en vain.

Puis, deux semaines après le départ d'Elvin, l'état de sa mère empira et elle concentra toutes ses pensées sur sa chère malade.

Son chagrin, les larmes qu'elle versait tous les soirs quand personne ne pouvait la voir, le long voyage de retour vers l'Angleterre, l'arrivée dans une maison vide, tout cela l'empêcha de communiquer avec Elvin par la pensée comme elle s'était promis de le faire.

Pourtant, les lettres qu'il lui adressait lui procuraient tant de joie qu'elle attendait le courrier avec impatience et elle était triste plus que de raison lorsqu'il n'y avait rien de lui.

Il lui avait écrit sa première lettre avant de quitter le sanatorium et elle l'avait reçue après son départ.

Elle était brève, car écrire le fatiguait et Larina savait qu'il rassemblait toutes ses forces en prévision du long voyage vers l'Amérique.

Il la remerciait de tout ce qu'elle avait représenté pour lui, du bonheur qu'ils avaient connu ensemble et il achevait sur ces mots :

N'oubliez jamais, Larina, que je pense à vous, que je suis près de vous et que, si vous avez besoin de moi, il vous suffira de m'appeler pour que je sois aussitôt à vos côtés. Je reviendrai peut-être au sanatorium lorsque ma mère n'aura plus besoin de moi et nous serons alors de nouveau réunis. Jamais je ne saurai vous dire tout ce que vous représentez pour moi. Que Dieu vous garde et vous bénisse !

La fois suivante, ce n'étaient que quelques lignes à la hâte dans le train. Puis il lui avait envoyé plusieurs lettres de New York.

Il lui disait que sa mère avait été ravie de le revoir et qu'il était heureux de pouvoir être auprès d'elle, car elle avait terriblement besoin de lui.

Les lettres d'Elvin lui redonnaient courage alors

même que, de jour en jour, à Londres, elle se sentait plus perdue et plus seule.

Il lui avait fallu un certain temps pour nettoyer la maison après le départ des locataires. Ils l'avaient laissée dans un état lamentable.

En un sens, elle était heureuse que sa mère ne fût pas là pour voir à quel point ils avaient maltraité les objets auxquels elle tenait tant et comme les rideaux, les tapis, les coussins étaient usés après un an.

Elle envisagea de subvenir en partie à ses besoins en prenant un locataire. Elle pourrait facilement louer à quelqu'un la chambre de sa mère et peut-être le salon

Il serait même possible d'avoir deux locataires, en couchant dans le bureau, à l'arrière de la salle à manger.

Chaque fois qu'elle signait un chèque pour son loyer ou sa nourriture, elle se rendait compte qu'il ne lui restait presque plus rien à la banque, jusqu'au jour où elle comprit qu'elle ne pouvait attendre plus longtemps et qu'il lui fallait absolument trouver du travail pour assurer sa subsistance.

Sir John lui avait demandé deux guinées et elle s'était dit, en posant les pièces d'or sur son bureau, que c'était payer bien cher ce qu'il venait de lui annoncer.

Mais, maintenant, de retour chez elle, elle songeait qu'en un sens, c'était la fin de ses ennuis. Elle n'avait plus besoin de chercher du travail, plus besoin de prendre des locataires, plus besoin de partager la maison avec des étrangers.

Ce qu'elle avait à la banque suffirait à payer sa nourriture pendant les vingt et un jours qu'il lui restait à vivre.

Rien que d'y penser, un frisson d'effroi la parcourut.

« Elvin me mépriserait d'avoir si peur. Mais c'est vrai, j'ai peur, je le sais. Je ne veux pas mourir. Je ne veux pas savoir ce qu'il y a dans l'au-delà. Je veux rester sur terre. »

Tout à coup, d'un air décidé, elle prit son chapeau et s'en recoiffa.

Elle savait ce qu'elle allait faire. Elle allait prévenir Elvin. Elle allait lui envoyer un télégramme. Cela coûterait cher, mais qu'importait l'argent, maintenant ?

Seul Elvin comprendrait, seul Elvin saurait la réconforter.

S'écartant du miroir, elle eut soudain une meilleure idée.

Elvin avait dit que, si elle l'appelait, il viendrait.

Elle allait lui demander de venir et elle était persuadée qu'il tiendrait sa promesse.

Elle dévala l'escalier et une lueur nouvelle brillait dans son regard.

— Je vais demander à Elvin de venir me voir, répéta-t-elle tout haut.

Claquant la porte d'entrée derrière elle, elle partit en courant vers le bureau de poste de Sloane Square.

2

De retour des funérailles, les voitures du cortège s'arrêtèrent devant l'imposante demeure de grès rouge, sur la Cinquième Avenue.

Dans la première se trouvaient les trois frères Vanderfeld.

Le frontail des chevaux était orné de crêpe noir, ainsi que le chapeau haut de forme du cocher.

Les trois frères, l'aîné, Harvey, en tête, commencèrent à monter le long escalier qui menait à l'entrée principale.

Toutes les trois marches, grelottant sous une pluie battante, se tenait un valet de pied en culotte et perruque poudrée, un brassard de crêpe sur sa livrée pourpre.

Harvey Vanderfeld pénétra dans le spacieux vestibule de marbre décoré de lustres en verre de Venise, de tapisseries des Gobelins importées de France, de chaises baroques en bois doré venues d'Italie et de tapis de Perse.

D'un pas rapide, il passa devant les laquais et se dirigea vers le grand salon où d'autres valets de pied attendaient pour servir les rafraîchissements. C'était là que devaient se retrouver la famille et les amis avant de passer dans la salle à manger de style néo-gothique, où l'on servirait le déjeuner dans des assiettes en or massif.

Dans le salon, le mobilier était d'époque Louis XIV et les murs blancs réchampis d'or brillant s'ornaient de tableaux de maîtres italiens et hollandais. Des tapis d'Aubusson recouvraient le sol et les tentures en velours de Gênes étaient bordées d'une profusion de glands et de franges de soie.

— Champagne ou bourbon, monsieur ? demanda le majordome.

— Bourbon !

Harvey Vanderfeld en but aussitôt une gorgée.

Un à un, les membres de la famille commencèrent à entrer dans la pièce. Les robes des dames étaient abondamment garnies de crêpe et les voiles noirs qu'elles avaient maintenant relevés retombaient sur leurs épaules et dans leur dos.

— Quelle belle cérémonie ! dit une femme d'âge mûr à Harvey Vanderfeld, la voix chevrotante d'émotion.

— Vraiment ? J'en suis heureux, cousine Alice.

— Et ton oraison funèbre était magnifique ! Tu n'as jamais été plus émouvant. Toute l'assistance, dans la chapelle funéraire, avait la larme à l'œil.

Harvey Vanderfeld se rengorgea. Puis, comme d'autres parents de tous âges affluaient par les portes en acajou à deux battants, il dit à son frère Gary, debout à ses côtés :

— J'ai à te parler. Viens dans le bureau.

Ils quittèrent le grand salon et, passant devant d'autres pièces aussi spacieuses, se dirigèrent vers le bureau aux murs tapissés de livres reliés que personne n'ouvrait jamais.

Les lourds fauteuils de cuir donnaient à la pièce un ton volontairement masculin et les tableaux de chevaux étaient de Stubbs.

Les frères avaient quitté le salon leur verre de bourbon à la main et, vidant le sien, Harvey Vanderfeld alla prendre une carafe sur une petite table, dans un coin de la pièce, et s'en versa un autre.

— Cela s'est bien passé, Gary.

— Oui, vraiment, Harvey. Jamais tu n'ayais si bien parlé.

— J'espère que les journalistes ont tout noté.

— J'en suis certain et, de toute façon, le texte polycopié de ton discours était à leur disposition à la sortie.

— Parfait ! Je trouve que le drapeau national recouvrant le cercueil faisait beaucoup d'effet et la longue croix de lis de maman était extrêmement touchante.

— Il faut que tu le lui dises.

— Je suis bien certain que Wynstan est monté le faire. Je regrette qu'elle n'ait pas pu assister à la cérémonie.

— Ç'aurait été trop éprouvant pour elle, bien qu'elle aille mieux.

— Je sais, mais la douleur d'une mère a toujours quelque chose de particulièrement poignant.

— Je crois que la nation entière partagera ton chagrin demain, Harvey, en lisant les journaux.

— S'il fallait qu'Elvin meure, cela ne pouvait se produire à un meilleur moment qu'à cette veille d'élections où bien des gens n'ont pas du tout envie de voir renouveler le mandat de Theodore Roosevelt à la Maison-Blanche.

— Il y en a beaucoup, malgré tout, qui admirent sa politique du « gros bâton », notamment aux

Antilles. L'interventionnisme a de nombreux adeptes.

— L'impérialisme américain ! Si je suis élu Président, je mettrai fin à toutes ces âneries. Nous ferions mieux de nous soucier de nous-mêmes, au lieu d'aller fourrer le nez dans les affaires de pays étrangers qui ne présentent aucun intérêt pour nous.

— Inutile de me sortir tous tes arguments, Harvey, fit remarquer Gary avec un sourire. Je t'ai trop souvent entendu à la tribune.

— Oui, c'est vrai, reconnut Harvey.

C'était un fort bel homme de trente-six ans, mais son corps commençait à s'empâter et sa démarche lourde le faisait paraître plus âgé. Néanmoins, il avait un sourire irrésistible qui lui gagnait bien des suffrages.

On retrouvait la même tendance à l'embonpoint, rançon d'un goût trop prononcé pour les plaisirs de la table, chez Gary, plus jeune de trois ans. Comme Harvey, il possédait ce charme auquel nul ne résistait, et qui était si caractéristique des frères Vanderfeld que, dans la presse, on les avait surnommés « les Princes Charmants ».

Harvey était le plus ambitieux et le plus impitoyable des quatre. Il avait lutté pour arriver au pouvoir et il se servait maintenant de sa fortune colossale pour mener la campagne électorale la plus fastueuse et la plus onéreuse qu'eussent jamais connue les Etats-Unis.

Il était absolument certain de battre Theodore Roosevelt et toute la tribu Vanderfeld le soutenait dans sa campagne, dans l'espoir longtemps caressé de se retrouver à la Maison-Blanche.

La famille Vanderfeld était d'origine hollandaise et un de leurs ancêtres était venu en Amérique au XVIIe siècle s'installer à la Nouvelle Amsterdam, comme se nommait alors la ville de New York.

Au cours des siècles qui avaient suivi, la famille avait solidement établi sa fortune, qui n'avait cessé de croître à chaque génération, au point que la « dynastie » des Vanderfeld était presque considérée en Amérique comme une famille royale.

L'immense hôtel particulier de la Cinquième Avenue n'était que l'une des résidences des Vanderfeld. Ils possédaient, en outre, une demeure somptueuse à Hyde Park, sur les bords de l'Hudson, ainsi que des ranchs, des plantations et des domaines un peu partout en Amérique. Quant à Gary, il s'était récemment fait construire un palais de marbre à Newport.

Leur mère, Mrs Chigwell Vanderfeld, vivait dans la maison de la Cinquième Avenue depuis la mort de son mari, et la femme de Harvey, douce et effacée, n'avait pas essayé de la supplanter.

C'était Mrs Vanderfeld qui décidait pour ses enfants et c'était manifestement d'elle qu'ils tenaient leur beauté et leur ambition.

C'était une Hamilton et ses ancêtres étaient venus de Grande-Bretagne, mais pas à bord du *Mayflower* bondé, qui devait ressembler à l'arche de Noé, précisaient toujours les Vanderfeld d'un air méprisant.

Leur trisaïeul était venu de son Ecosse natale à

bord de son propre navire, emmenant avec lui ses gens et leur famille, si nombreux qu'il ne restait de place pour personne d'autre.

Mrs Vanderfeld était fière de son ascendance écossaise mais plus fière encore d'être originaire de Virginie et d'avoir grandi au cœur du pays des pêchers, sur les collines au pied des Montagnes Bleues.

Tout comme les Vanderfeld, les Hamilton avaient amassé une immense fortune et ils avaient depuis longtemps renoncé à leur entreprise de chemin de fer et à l'exploitation des mines d'or pour se donner le temps de jouir de leurs richesses.

Le père de Mrs Vanderfeld n'avait jamais travaillé. Il avait mené la vie agréable d'un gentilhomme campagnard, gérant son domaine bâti autour d'une grande maison spacieuse dont les colonnes, le porche, le vestibule de marbre et l'escalier en spirale s'inspiraient du néo-classicisme anglais en vogue à l'époque géorgienne.

Lorsque sa fille lui avait fait part de son désir d'épouser Chigwell Vanderfeld, cela ne l'avait pas particulièrement ravi. En effet, il avait espéré qu'elle fixerait son choix sur un des rares gentilshommes de Virginie qu'avait épargnés la guerre de Sécession.

Mais il n'avait pas vraiment eu voix au chapitre. Sally Hamilton était bien trop volontaire et entêtée pour écouter les objections quand ses sentiments étaient en jeu et, de fait, elle avait été extrêmement heureuse avec son mari multimillionnaire, qui avait passé sa vie à travailler.

Ce qu'elle ambitionnait pour ses fils, ce n'était pas tant la fortune ; c'était surtout la puissance, et elle avait décidé, avec son opiniâtreté habituelle, que Harvey serait le prochain président des Etats-Unis.

Celui-ci avait été le premier à approuver sa décision.

— Je le répète, ces funérailles n'auraient pas pu tomber à un meilleur moment, dit-il à Gary. Il est vrai qu'Elvin était quasiment inconnu du public et des journalistes, mais je crois qu'ils se souviendront maintenant de lui comme d'un être exceptionnel que tout homme pourrait être fier d'avoir pour frère.

Gary ne répondit rien. Harvey lui avait déjà dit la même chose, presque mot pour mot, dans la voiture, à la sortie du crématoire.

Il traversa la pièce pour aller se verser un autre verre. Au même moment, la porte s'ouvrit et le majordome entra, portant un petit plateau d'argent.

— Un télégramme vient d'arriver pour Mr Elvin, dit-il à Harvey. J'ai pensé qu'il valait mieux le remettre à Monsieur, pour ne pas risquer de secouer Madame davantage.

— Vous avez bien fait. Ne lui apportez rien qui pourrait aviver sa peine. J'ai déjà dit à l'un des secrétaires de relever le nom de toutes les personnes qui enverraient des couronnes. Je me chargerai des lettres de remerciement. Ce serait trop éprouvant pour Madame.

Harvey prit le télégramme sur le plateau que lui tendait le majordome.

Il le regarda un instant, puis s'étonna :

— Mr Elvin Farren ?

— C'était le nom d'emprunt d'Elvin lorsqu'il séjournait à l'étranger, expliqua Gary, de l'autre bout de la pièce. Tu sais bien que nous avions décidé qu'il voyagerait incognito pour éviter que les journalistes ne signalent sa présence dans un sanatorium.

— Oui, oui, je m'en souviens, maintenant. Et ils n'ont jamais rien découvert, d'ailleurs.

— Il ne les intéressait pas particulièrement, jusqu'à ce qu'il meure, fit remarquer Gary.

Il avait dit cela sans aucune ironie. Il était trop pacifique et bon enfant pour se montrer sarcastique.

Harvey décacheta le télégramme tandis que le majordome quittait la pièce.

— Il vient d'Angleterre, s'étonna-t-il. Je croyais qu'Elvin était allé en Suisse.

— En effet, c'est là qu'il se trouvait.

Il y eut un moment de silence puis Harvey s'exclama :

— Mon Dieu ! Ce n'est pas possible ! Il doit y avoir une erreur !

— Qu'est-ce qui ne va pas ?

— Ecoute ceci, répondit Harvey d'un ton brusque.

Il lut tout haut :

Cela m'est arrivé — stop — J'ai peur — stop — Vous supplie tenir votre promesse et venir — stop — Vos lettres mon seul réconfort — stop — Larina.

Harvey se tut et continua de fixer le bout de papier comme s'il ne pouvait en croire ses yeux.

Gary s'approcha de lui et lut à son tour le télégramme.

— Qu'est-ce que cela signifie?
— Qu'est-ce que cela signifie? explosa Harvey. Es-tu fou? Ne comprends-tu pas ce que je viens de te lire? Pour moi, c'est parfaitement clair!
— Qu'est-ce qui est clair? demanda Gary.

Harvey se mit à arpenter la pièce nerveusement, incapable de tenir en place.

— Il faut que cela arrive en ce moment! Précisément maintenant! Ç'aurait été assez ennuyeux en toute autre occasion, mais, alors, à la veille de l'élection...
— Je ne sais pas ce que tu veux dire. Qui est cette femme? Je n'en ai jamais entendu parler.
— Qu'est-ce que cela change? Elle, elle a entendu parler d'Elvin, en tout cas, et de moi aussi, je suppose. C'est du chantage, mon cher! Du chantage... et il va falloir payer.
— Payer quoi?
— Acheter son silence... ces lettres. Ne sois donc pas idiot, Gary! De toute évidence, elle attend un enfant d'Elvin.
— Elvin? s'exclama Gary. Il y a des années qu'il était malade... terriblement malade.
— Oui, mais il était tuberculeux, Gary. Et tout le monde sait que la tuberculose attise le désir sexuel. Remarque, je n'aurais pas cru cela dans le cas d'Elvin. (Levant les deux bras au ciel, Harvey s'écria:) Comment a-t-il pu me faire cela à un moment pareil?

Gary se baissa pour ramasser, par terre, l'enveloppe qui avait contenu le télégramme.

Après un instant, il hasarda :

— Quoi qu'ait pu faire ou ne pas faire Elvin, je dirais que cette femme ignore qui il est. Sinon, pourquoi lui écrirait-elle au nom de Farren, au lieu de Vanderfeld ?

Harvey s'immobilisa.

— Tu as peut-être raison, dit-il lentement. Si elle n'est pas au courant, il y a un espoir.

Subitement, il parut avoir pris une décision. Traversant la pièce, il alla tirer le cordon de sonnette.

La porte s'ouvrit presque aussitôt.

— Oui, monsieur ? demanda le majordome.

— Priez Mr Wynstan de venir immédiatement, ordonna Harvey. Si vous ne le trouvez pas au salon, c'est qu'il est auprès de Madame.

— Bien, monsieur.

Le majordome referma la porte et Harvey se remit à marcher nerveusement de long en large sur l'épais tapis, entre le bureau Regency et l'extrémité de la pièce.

— Je n'arrive pas à y croire. Je n'arrive pas à croire que mon frère, mon propre frère, ait pu me faire une chose pareille.

— Elvin ne te visait certainement pas personnellement dans cette affaire, fit remarquer Gary avec un sourire ironique.

— Mais je suis visé. Tu le sais aussi bien que moi. Te rends-tu compte de la publicité que les journalistes vont faire à cette histoire ? Le scandale s'étalera à la une des journaux et les Républicains jubileront ! Je vois d'ici Theodore Roosevelt se délectant de chaque mot et en tirant profit au maximum au cours de sa campagne.

— Il doit bien y avoir un moyen de s'en sortir, dit Gary à voix basse, comme pour lui-même.

Sans doute pour stimuler son inspiration, il vida son verre d'un trait et alla à la petite table s'en verser un autre.

Les deux frères gardèrent le silence jusqu'au moment où la porte s'ouvrit pour laisser passer Wystan Vanderfeld.

A vingt-huit ans Wystan était si beau que, lui avait souvent répété sa sœur Tracy, c'en était « injuste envers les femmes ».

Grand, large de carrure et les traits burinés, c'était le voyageur de la famille et il avait passé, au cours des sept dernières années, plus de temps à l'étranger qu'en Amérique.

« Wystan, avait-on dit de lui un jour, est américain par tradition, anglais d'apparence et français de cœur. »

Mais Tracy avait dépeint son frère encore plus justement en ces quelques mots :

— Wynstan est entièrement l'œuvre de maman sans l'aide de père !

Wynstan ne ressemblait certes pas à ses frères, en ce sens qu'il était mince et bâti comme un athlète.

C'était d'ailleurs un joueur de polo de premier ordre, il avait remporté de nombreux concours hippiques et s'était fait un nom dans l'équipe de base-ball universitaire.

Une lueur de malice brillait dans ses yeux quand il entra dans la pièce ; il n'avait jamais pu prendre ses frères au sérieux, pas plus d'ailleurs que le reste de sa famille, dont le comportement, à vrai dire, l'amusait.

— Hudson me dit que tu veux me voir. Qu'est-ce qui se passe ?

Pour toute réponse, Harvey lui tendit le télégramme. En le prenant, Wynstan s'étonna de voir que la main de son frère tremblait.

Il le lut attentivement et la lueur de malice dans ses yeux s'accentua.

— Si cela signifie ce que je crois, bravo à Elvin ! Je suis heureux qu'il se soit un peu amusé avant de mourir.

Harvey poussa un rugissement de lion.

— C'est tout ce que tu trouves à dire ? explosa-t-il. Ne comprends-tu pas ce que cela signifie pour moi ? C'est une bombe, Wynstan ! Une bombe pour ma cause et pour l'élection. (D'une voix qui résonnait dans toute la pièce, il poursuivit :) Tu sais aussi bien que moi que toute ma campagne est fondée sur les slogans : « Purifiez l'Amérique ! », « Pas d'intervention à l'étranger ! », « Consolidez et encouragez la vie familiale, base de notre grande nation ! »

Se laissant emporter, Harvey avait pris un ton déclamatoire, et Wynstan lui dit avec un petit rire :

— Cesse donc ta harangue, Harvey. Parlons raisonnablement.

— C'est précisément ce que je m'efforce de faire.

— Je ne crois pas que ce soit à ta position qu'en

ait cette fille. Elle s'adresse à Elvin et le supplie d'aller la voir. C'est tout.

— Oui, eh bien, il ne le peut pas! rétorqua Harvey d'un ton brusque. Et que crois-tu qu'elle veuille de lui sinon de l'argent? (Wynstan relut le télégramme.) Tu n'as peut-être pas remarqué la phrase au sujet des lettres? ajouta Harvey. « Vos lettres mon seul réconfort. » Cela veut bel et bien dire qu'elle est persuadée de pouvoir en tirer un bon prix.

— Oui, c'est peut-être ce qu'elle a en tête, reconnut Wynstan. D'autre part, elle dit : « Vous supplie tenir votre promesse. » Qu'aurait pu lui promettre Elvin?

— De l'épouser si elle avait un enfant, je suppose, fit observer Gary.

— Cela non plus, il ne le peut pas, répliqua sèchement Harvey.

— C'est un fait, dit Wynstan. Mais si elle attend un enfant d'Elvin, elle a peut-être des droits sur sa succession.

— Mon Dieu! s'exclama Harvey. Je n'avais pas pensé à cela. Sais-tu à combien se monte sa fortune?

— J'en ai une vague idée. L'héritage de père, énorme comme nous le savons tous, était à partager entre nous quatre, Tracy ayant déjà reçu sa dot.

— L'argent n'a pas vraiment d'importance, dit très vite Harvey, parlant avec effort. L'essentiel, c'est qu'il n'y ait surtout pas de scandale, comme cela ne manquerait pas d'arriver si l'enfant illégitime d'Elvin surgissait un jour sans crier gare pour revendiquer sa place au sein de la famille.

— En effet, cela créerait des complications, dit posément Wynstan.

— Eh bien! alors, fais quelque chose! cria Harvey.

Wynstan lui jeta un regard étonné.

— Pourquoi moi ?

— Parce que cette fichue femme est anglaise et que tu es tout le temps fourré dans ce pays. Tu devrais savoir comment l'empêcher de parler. (Harvey s'arrêta net, puis s'exclama :) Mais oui! Mais oui, c'est cela! Il faut à tout prix que tu l'empêches de parler jusqu'à ce que l'élection ait eu lieu. Ensuite, nous pourrons la combattre impitoyablement.

— Quelle noblesse de sentiments! fit remarquer Wynstan.

— Oh! ne joue pas au galant homme, répliqua Harvey, furieux. Dans une situation pareille, il n'est plus question de ménagements ; nous avons à combattre un maître chanteur.

— Qui dit qu'il est question de chantage ?

— Moi, je dis que c'est du chantage, car c'en est bel et bien.

— Je t'ai déjà fait remarquer, intervint à son tour Gary, que le télégramme était adressé à Mr Farren. Ne penses-tu pas que si elle connaissait le nom véritable d'Elvin, elle s'en serait servi ?

— Voilà qui est bien pensé, Gary, dit Wynstan.

— Peu importe comment elle l'appelle! s'exclama Harvey avec humeur. Si elle attend un enfant d'Elvin, ou du moins le prétend, car pour ma part, je suis sûr qu'il en était incapable, elle nous fera cracher jusqu'à notre dernier sou. Cela, vous pouvez en être certains.

— Je crois que tu oublies une chose, fit posément remarquer Wynstan.

— Laquelle ?

— Connaissant Elvin comme je le connaissais — et je crois que j'étais plus proche de lui que vous deux — je le vois mal s'intéressant au genre de femmes que tu imagines.

Il y eut un moment de silence, puis Harvey répondit :

— Tout cela est bien joli, mais nous savons de quoi sont capables les femmes quand elles tombent sur un homme riche. Elvin était un enfant à bien des égards. Face à une femme décidée à mettre le grappin sur lui, il n'avait pas la moindre chance.

— Tu as peut-être raison, dit Wynstan à contre-cœur. Que veux-tu que je fasse ?

— Je veux que tu ailles en Angleterre t'occuper de cette femme aussi vite que possible. Bâillonne-la, étouffe-la, enlève-la, mais empêche-la de parler jusqu'à ce que l'élection ait eu lieu ! Fais n'importe quoi, mais ne la laisse pas approcher un journaliste ou se rendre compte à quel point elle peut me nuire.

L'air amusé, Wynstan se tourna pour tirer le cordon de sonnette.

— Qu'est-ce que tu fais ? Qui sonnes-tu ?

— Il faut que j'en apprenne davantage sur cette Larina ou je ne sais quoi. Elle n'a signé que de son prénom et il n'y a pas d'adresse.

— Personne ne doit être au courant de cette affaire, se hâta de préciser Harvey. Si les journalistes flairent quoi que ce soit, c'en est fini de moi.

— Je vais parler à Prudence, fit Wynstan du ton apaisant dont on use avec les enfants. Prudence a passé tout son temps avec Elvin depuis qu'il est revenu d'Europe et elle était déjà à notre service quand je suis né. Je suppose qu'après tant d'années, nous pouvons lui faire confiance.

— Oui, bien sûr, reconnut Harvey, un peu confus.

Le majordome ouvrit la porte.

— Demandez à Prudence de descendre un instant, Hudson, lui dit Wynstan. Je suppose qu'elle est de retour du crématoire, maintenant.

— Oui, monsieur, elle est en haut.

— Nous aimerions lui parler.

— Très bien, monsieur.

La porte se referma et Wynstan attendit, debout, adossé à la cheminée.

— Calme-toi un peu, Harvey, dit-il au bout d'un moment. Tu transpires et, pour quiconque te connaît, il est évident que tu as peur.

— Oui, j'ai peur. Je t'avoue, Wynstan, que c'est un coup de poignard dans le dos auquel je ne m'attendais pas, et encore moins de la part d'un de mes frères.

— Je crois que tu t'inquiètes inutilement, mais parce que je t'aime bien, Harvey, et parce que j'avais pour Elvin une profonde affection, je vais faire tout mon possible pour résoudre ce problème.

— Paie n'importe quelle somme, mets-y le prix

qu'il faudra, mais empêche-la de parler, c'est tout ce que je te demande. Empêche-la de parler.

En entrant dans le bureau, Prudence parut étonnée d'y trouver les trois frères alors que dans le grand salon, elle le savait, se pressaient tous leurs parents et amis.

C'était une femme d'un âge respectable, au visage bienveillant et ouvert, qui lui valait d'instinct la confiance des adultes comme des enfants. On voyait à ses yeux rouges et à ses paupières gonflées qu'elle avait beaucoup pleuré.

Elle était vêtue comme toujours, d'aussi loin que s'en souvenaient les frères, d'une robe de coton gris à col et poignets blancs empesés et toujours immaculés.

Sa silhouette s'était épaissie et alourdie au fil des années, se dit Wynstan comme elle s'avançait vers eux, mais, à part ce détail, elle avait très peu changé depuis l'époque où, enfant, il récitait ses prières à ses genoux et elle lui enseignait l'alphabet.

— Venez, Prudence, lui dit-il. Nous avons besoin de vous, une fois de plus.

— Qu'est-ce qui se passe ? demanda aussitôt Prudence avec inquiétude, ses yeux allant de Wynstan à Harvey, puis à Gary.

— Pourriez-vous nous dire ce que vous savez d'une certaine Larina ? précisa Wynstan.

Prudence répondit sans hésiter :

— C'était une amie de Mr Elvin.

— Quelle sorte d'amie ? demanda immédiatement Harvey.

— Je crois que c'est une personne qu'il avait

rencontrée pendant son séjour en Suisse. Il avait reçu plusieurs lettres d'elle depuis son retour et je sais qu'il lui écrivait.

— Où sont-elles ? Où sont les lettres ? demanda Harvey. Allez les chercher tout de suite.

— C'est impossible, Mr Harvey.

— Pourquoi ?

— Parce que Mr Elvin les a brûlées.

— Brûlées ? s'exclama Harvey.

— Oui. Quelques jours avant de mourir, il m'a dit : « Prudence, je crois que je ferais bien de mettre de l'ordre dans mes affaires. Apporte-moi mon petit coffret. »

— Quel coffret ?

Prudence se tourna vers Wynstan.

— Vous vous en souvenez sûrement, Mr Wynstan.

— Oui, c'est moi qui le lui avais donné, confirma Wynstan. Il devait avoir une quinzaine d'années à l'époque. Je me souviens lui avoir dit qu'un homme devrait toujours avoir un endroit où mettre sous clef ses papiers confidentiels. (Wynstan fit une pause avant d'ajouter, avec un sourire :) C'était après avoir surpris maman en train de lire les lettres d'une de mes petites amies qui ne lui plaisait pas.

— Elle devait avoir fort à faire, si elle lisait tous tes billets doux, le plaisanta Gary.

— Continuez, Prudence, dit doucement Wynstan.

— Je lui ai apporté le coffret dans son lit, et il en a sorti quelques poèmes qu'il écrivait de temps à autre. Quelquefois, il me les lisait, mais pas toujours. Il y a jeté un coup d'œil, puis il m'a dit :

« Brûle-les, Prudence.

— Pourquoi ? lui ai-je demandé. Ils sont très beaux, Mr Elvin ! Gardons-les. Peut-être qu'un jour on les publiera.

Il m'a répondu :

— C'est bien ce que je crains et ce ne serait pas par désir de comprendre ce que j'avais à dire. Brûle-les, Prudence ! » (Prudence fit un petit geste de la main.) Alors je les ai brûlés.

— Et quoi d'autre ? demanda Wynstan.

— Les lettres qu'il gardait depuis des années, une ou deux de vous, Mr Wynstan, quelques-unes de sa mère, et celles qu'il avait reçues de la jeune dame.

— Comment savez-vous qu'elles étaient d'elle ? dit Wynstan.

— C'étaient les seules lettres qu'il recevait depuis son retour, et elles semblaient lui faire plaisir. Il m'a dit aussi :

« Larina... tu ne trouves pas, Prudence, que c'est un joli nom ? Je le trouve ravissant ! »

Harvey échangea un regard avec Gary.

— Quel était son nom de famille, Prudence ? demanda-t-il.

— Je ne sais pas, Mr Harvey.

— Vous devez bien en avoir une idée.

— Non, Mr Elvin ne m'a jamais rien dit à son sujet. (Il y eut un silence, puis, comme si elle comprenait que les frères étaient soucieux, Prudence ajouta :) Mais Mr Renour doit le savoir.

— Renour ? Pourquoi le saurait-il ? s'inquiéta aussitôt Harvey.

— Parce que Mr Elvin écrivait à la jeune dame et que cela doit figurer dans le registre.

— Mais oui, bien sûr, s'exclama Wynstan. J'oubliais qu'on tenait chez nous un registre du courrier. Il doit aussi y avoir son adresse.

— Certainement.

— Dans ce cas, Prudence, soyez gentille, demandez-lui de nous l'apporter, dit Wynstan. Et merci de votre aide.

— J'espère vous avoir été de quelque utilité, répondit Prudence en promenant un regard soucieux de l'un à l'autre. (Elle se tut un instant, puis elle ajouta :) Merci, Mr Harvey, d'avoir dit de si belles choses, à la cérémonie. Je suis sûre que cela aurait fait plaisir à Mr Elvin.

Ses yeux s'étaient remplis de larmes et, se détournant vivement, elle quitta la pièce.

— « De si belles choses ! » répéta Harvey d'un ton railleur. Je me demande ce que dirait Prudence si elle connaissait la vérité.

— Il est certain que tu as fait d'Elvin un mélange d'archange Gabriel et de saint Sébastien, dit Wynstan.

— Raison de plus pour qu'il ne tombe pas de son piédestal, répliqua Harvey d'un ton cassant.

— Cesse donc de t'énerver, le supplia Gary. Wynstan a dit qu'il allait s'occuper de cette histoire et il réussit toujours quand il se décide à faire quelque chose.

— Merci ! dit Wynstan avec un sourire amusé.

La porte s'ouvrit et Hudson entra.

— Prudence m'a dit que Monsieur voulait le registre du courrier. Mr Renour n'est pas encore de retour, alors je me suis permis de l'apporter.

— Merci beaucoup, Hudson.

Harvey lui prit le registre des mains et le feuilleta rapidement.

— Je n'aurais jamais cru que nous écrivions tant, dans cette maison, s'exclama-t-il. Avec ce que nous leur faisons gagner, les Postes devraient nous verser un dividende.

Ses frères ne dirent rien et il comprit qu'ils attendaient avec impatience ce qu'il allait découvrir.

— Voilà! fit-il enfin. « Miss Larina Milton, 68 Eaton Terrace, Londres, Angleterre. »

— Bon! Nous savons du moins où la trouver, dit Gary.

— Je suppose que tu veux que je la voie le plus tôt possible? demanda Wynstan d'un air résigné. D'accord, j'irai, mais je tiens à te faire remarquer que cela tombe extrêmement mal. On doit me livrer une nouvelle automobile demain et je voulais entraîner deux poneys de polo avant le début de la saison sportive d'été.

— Des poneys de polo! grommela Harvey d'un ton méprisant.

— J'ai une idée! s'écria tout à coup Gary.

Ses deux frères se tournèrent vers lui.

— Laquelle? demanda Wynstan.

— Je viens de penser qu'on parlera de l'élection dans les journaux anglais. Même si cette fille ne soupçonnait absolument pas l'identité véritable d'Elvin pendant qu'il était en Suisse, elle lira des articles sur Harvey dans la presse et il se peut fort bien qu'on y mentionne la mort d'Elvin. Elle saura alors...

— Combien d'argent elle peut nous extorquer ! l'interrompit Harvey. Et pendant la campagne, elle augmentera son prix de jour en jour. (Wynstan ne dit rien et Harvey poursuivit :) Gary a raison, il a tout à fait raison. Cela ne sert à rien que tu la voies à Londres pour essayer de l'empêcher de parler. Il faut que tu l'éloignes. Emmène-la en France, en Espagne, en Italie, n'importe où, du moment qu'on n'y livre pas les journaux tous les jours.

— Rien ne dit qu'elle sait déjà qu'Elvin est un Vanderfeld, dit Wynstan.

— Et rien ne dit qu'elle ne le sait pas ! rétorqua Harvey. Ce serait une erreur de prendre des risques. D'ailleurs, même si le visage d'Elvin était terriblement amaigri par la maladie, il n'en reste pas moins que nous avons tous un air de famille frappant. Mère l'a souvent fait remarquer.

— En ajoutant que Wynstan était de loin le plus beau, dit Gary.

— Ne sois pas jaloux, va ! lui répondit Wynstan. Ce n'est pas toujours un avantage.

— Tu ne voudrais tout de même pas nous le faire croire, dit Gary en riant. Tu sais aussi bien que moi, Wynstan, qu'il suffit que tu paraisses pour que toutes les filles tombent à genoux.

— Je te dis qu'il n'y a pas que des avantages, répéta Wynstan.

— Oh ! tenez-vous-en au sujet ! intervint Harvey d'un ton irrité. Gary a une bonne idée. Nous devons y réfléchir. Où peux-tu l'emmener, Wynstan ?

— A supposer, bien sûr, qu'elle accepte de me suivre, fit remarquer Wynstan. Tu veux sans doute que je lui dise qu'Elvin est mort ?

— Non, j'ai une meilleure idée, dit Harvey.

— Laquelle ?

— Dans le télégramme qu'elle a envoyé à Elvin, elle le supplie d'aller la voir ; et, de toute évidence, il lui avait promis de le faire. Dans ce cas, il faut qu'il tienne sa promesse.

— Que veux-tu dire ?

Harvey plissa légèrement les yeux, comme chaque fois — ceux qui traitaient avec lui à la Bourse le savaient bien — qu'il était sur une grosse affaire.

— Nous lui enverrons un télégramme d'Elvin disant qu'il la retrouvera à la villa. Cela devrait lui faire quitter Londres.

— A la villa de Sorrente ? Mon Dieu, il y a des années que je n'y suis pas allé !

— Grace et moi y avons passé quinze jours en 1900, dit Gary. On la garde exactement telle qu'elle était lorsque grand-père l'a fait construire, ou plutôt lui a rendu la splendeur de son passé en consacrant une fortune à sa restauration.

— A dire vrai, je ne serais pas mécontent de la revoir, dit Wynstan. Je me souviens qu'enfant, je trouvais que c'était le plus bel endroit du monde.

— Dans ce cas, c'est entendu, conclut Harvey, bien décidé à ne pas s'éloigner du sujet qui le préoccupait. Nous lui enverrons un télégramme signé du nom d'Elvin.

— Tu ferais bien de le porter toi-même à la poste,

lui conseilla Wynstan. Nous ne pouvons pas l'envoyer d'ici. Renour ne doit pas être au courant.

— Et si elle refuse d'y aller ? dit Gary. D'ailleurs, on ne peut pas demander à une femme de faire tout ce voyage seule.

— J'y ai pensé, figure-toi ! répliqua Harvey d'un ton agacé. Si nous dépensons une fortune pour notre agence de Londres, c'est précisément pour que nos mandataires là-bas agissent à notre place, entre autres, dans des situations comme celle-ci. (Plissant le menton, il ajouta :) Toute réflexion faite, nous allons plutôt télégraphier à Donaldson d'aller voir cette femme et de la persuader de se rendre en Italie. (Il prit le temps d'expliquer :) Inutile qu'elle reçoive autre chose signé d'Elvin ; cela pourrait lui donner une preuve de plus contre nous.

— Oui, tu as raison, fit Gary.

— Nous dirons ensuite à Donaldson de faire préparer la villa pour Wynstan, poursuivit Harvey, et d'y amener cette Larina, ou je ne sais quoi, le plus vite possible. S'il ne peut l'y conduire personnellement, il n'aura qu'à la faire accompagner par un homme de confiance. Ce n'est qu'une question d'organisation.

Harvey regarda ses frères, attendant leur approbation.

— Oui, c'est une idée, dit lentement Wynstan.
— Tu en as une meilleure ?
— Non, et j'aimerais beaucoup mieux discuter de cette histoire à Sorrente qu'à Londres.
— Je suis heureux de voir que mon idée plaît à quelqu'un ! fit Harvey d'un ton excédé. Je ne vivrai

tranquille et ne pourrai dormir sur mes deux oreilles que lorsque tu auras réglé cette affaire, Wynstan. Je compte sur toi pour sauver tous ceux qui ont mis leur espoir et leur confiance en moi.

Il avait presque un sanglot dans la voix.

Son frère éclata de rire.

— Laisse tomber le mélodrame, Harvey ! Je ferai tout mon possible, bien que, je te l'avoue franchement, cela m'ennuie énormément de devoir aller me balader en Europe au moment même où j'ai à faire ici. (Il pensa soudain à une chose :) Qu'allons-nous dire à Mère ?

— Mon Dieu, c'est vrai ! s'exclama Harvey. (Puis il ajouta aussitôt :) Eh bien ! nous n'aurons qu'à lui faire croire que tu as reçu une communication urgente d'une de tes amies.

— Elle ne va pas être contente ! fit remarquer Wynstan. Et elle a tout particulièrement besoin de ma présence auprès d'elle en ce moment où elle est si secouée par la mort d'Elvin.

— Mère admettra toujours que les affaires de cœur, les tiennes du moins, prennent le pas sur tout le reste, répondit Harvey, non sans un certain dépit.

— Et je crois, dit Gary, qu'en son for intérieur, elle est assez fière de tes succès. Elle pense que tu tiens cela de l'ancêtre Hamilton, qui, à l'entendre, se conduisait très mal avec les jeunes filles, dans la bruyère, avant d'être chassé d'Ecosse.

— Je trouverai bien une raison à donner pour expliquer mon voyage, fit Wynstan d'une voix lasse. Mais si je m'aperçois, Harvey, que tu me dénigres encore derrière mon dos comme tu l'as souvent fait, je te jure que je lui raconterai la vérité.

— Je te promets de te soutenir autant que je le pourrai. Et je viens de penser à une autre raison pour que tu n'ailles surtout pas à Londres : c'est que Tracy pourrait poser des questions. Nous n'avons pas envie que son duc collet monté vienne nous dire, de son air pincé d'aristocrate, que les Anglais ne se mettent pas dans ce genre de pétrin.

— Personnellement, j'aime bien Osmund, répondit Wynstan. Il ne me traite pas du tout de haut. Néanmoins, il ne faut pas que Tracy apprenne la chose... si toutefois il y a quelque chose à apprendre. (Il se dirigea vers la porte.) Je m'attends, pour ma part, à découvrir que toute cette histoire n'est que le fruit de ton imagination fertile.

— Où vas-tu ? demanda Harvey. Nous devons rédiger un télégramme.

— Vous pouvez le faire sans moi. S'il me faut traverser l'Atlantique — et, croyez-moi, je n'en ai pas la moindre envie en ce moment —, autant que ce soit de façon confortable. Le *Kaiser Wilhelm der Grosse* lève l'ancre demain matin, et je serai à bord.

Il sortit, refermant la porte derrière lui.

Gary et Harvey se regardèrent.

— Félicitations, Harvey ! Je n'aurais jamais cru un seul instant que Wynstan accepterait ta proposition.

— Pour être franc, moi non plus !

Wynstan monta à bord du *Kaiser Wilhelm der Grosse* quelques instants seulement avant qu'il ne quitte le port de New York à la marée du matin.

Le paquebot, détenteur du ruban bleu de l'Atlantique, transportait vingt-huit pour cent des voyageurs qui arrivaient à New York. Il avait la réputation d'être équipé de tout le confort moderne et d'offrir, en outre, de nombreuses distractions pendant la traversée de l'océan.

Wynstan, toutefois, s'intéressait davantage à la liste des passagers, dont il s'était fait remettre un exemplaire par le commissaire du bord.

Bien qu'il eût fait réserver sa place à la dernière minute, le nom magique de Vanderfeld lui avait permis d'obtenir une des plus belles cabines de luxe et seul le commissaire du bord savait combien il avait été difficile de déplacer les autres passagers tout en évitant de heurter les susceptibilités.

En voyageur averti qu'il était, Wynstan se montra satisfait des cabines qu'on lui avait réservées, distribua des pourboires royaux aux stewards dès le début de la traversée et laissa à son valet de chambre le soin d'arranger ses affaires comme il aimait à les trouver.

Il s'installa dans un fauteuil, se fit apporter un rafraîchissement et étudia la liste des passagers.

Personne n'était venu l'accompagner sur le quai. Il avait d'ailleurs horreur de cette coutume et cela l'arrangeait que Harvey eût insisté pour qu'il quittât l'Amérique le plus discrètement possible, afin que personne, sinon son entourage immédiat, ne fût au courant de son départ.

— Pour l'amour de Dieu, Wynstan, garde-toi des

journalistes! lui avait recommandé son frère. Tu sais comme ils sont dès qu'ils flairent le moindre soupçon de scandale.

Ce qui préoccupait Wynstan, toutefois, c'était moins les journalistes que sa mère.

— Je croyais que tu resterais auprès de moi, mon chéri, lui dit Mrs Vanderfeld, des larmes dans la voix, lorsqu'il lui annonça qu'il devait s'embarquer immédiatement pour l'Europe.

— Je sais, mère, et j'aurais voulu être auprès de vous en ce moment. Malheureusement, j'ai promis à cet ami de l'aider s'il avait un jour des ennuis et il me demande maintenant de tenir ma promesse.

— « Il » ? demanda Mrs Vanderfeld, d'un air gentiment ironique. Tu ne vas pas me faire croire, Wynstan, qu'il ne se cache pas une femme là-dessous ?

— Vous pensez toujours à la même chose, répondit Wynstan avec un sourire. Vous devez avoir du sang français dans les veines, car vous avez pour maxime : « Cherchez la femme » !

— Et pour cause ! Je croyais que tu avais mis fin à ta liaison avec cette actrice française... comment s'appelait-elle, déjà ?

— Gaby Deslys. Comment êtes-vous au courant ?

— Je suis au courant de tout, répondit Mrs Vanderfeld d'un petit air satisfait, et, bien que tu refuses de me dire la vérité sur ce voyage précipité, tu peux être certain que, tôt ou tard, je connaîtrai le fin mot de l'histoire.

— Je n'en doute pas, mère.

Elle le regarda, assis au pied de son énorme lit,

réplique du lit bleu et argent richement orné du roi Louis de Bavière.

Les rideaux, le napperon de la table de toilette, les taies d'oreiller et les draps étaient bordés de dentelle au point de Venise et une balustrade séparait le lit du reste de la pièce, comme dans la plupart des chambres d'apparat des rois de France et de Bavière.

— Je suppose, avait dit Wynstan la première fois qu'il l'avait vue, que seuls les princes du sang sont admis de l'autre côté de la balustrade ?

— Vraiment, Wynstan, tu dis de ces choses ! avait répondu sa mère d'un air faussement choqué.

En fait, elle adorait qu'il la taquinât, surtout sur ses soupirants, encore nombreux malgré son âge.

— Tu sais, Wynstan, lui dit-elle en admirant son beau visage, tu dois tenir d'un de mes ancêtres, pirate sous le règne d'Elisabeth. Il savait sûrement s'y prendre avec les femmes, pour que la reine lui ait porté un si vif intérêt.

— Et pourtant, elle est restée vierge.

— J'ai souvent eu des doutes à ce sujet.

Wynstan se mit à rire.

— Si vous parlez comme cela devant Harvey, mère, il aura une attaque. Il fonde toute sa campagne sur la pureté et affirme que nous devrions tous être des puritains.

— C'est bien la dernière chose que je voudrais être ! se récria Mrs Vanderfeld. Harvey est une vieille commère ; il l'a toujours été ! Mais j'aimerais tout de même le voir à la Maison-Blanche.

— Moi aussi. Cela lui ferait tellement plaisir ! Et

le moins qu'on puisse dire, c'est qu'il est plus beau que Theodore Roosevelt.

— Ce n'est pas difficile !... Mais je ne suis pas sûre, en fait, que tu ne ferais pas un meilleur Président.

Wynstan leva les mains au ciel en un geste d'horreur.

— Oubliez-vous que je suis la tête brûlée de la famille ?

— Ne serait-il pas temps que tu commences à songer au mariage ? Tu t'es beaucoup amusé, ces dernières années, et je ne te le reproche pas. Mais j'aimerais voir ton fils avant de mourir !

Wynstan éclata de rire.

— Voilà un angle d'attaque très habile, mère ! Mais vous n'avez pas vraiment l'intention de mourir, même si vous nous donnez parfois des émotions, comme le mois dernier. Vous savez bien qu'en réalité vous êtes aussi solide que vos ancêtres pionniers et vous deviendrez sûrement centenaire.

— Il n'est pas dit que je ne le ferai pas, rien que pour vous ennuyer. Tant que je suis en vie, je conserve mon autorité sur la famille..., du moins pour ce qui est des autres.

— Et moi, je suis l'exception ?

— Tu as toujours été un gamin têtu et insolent mais, même tout jeune, tu savais faire du charme quand cela t'arrangeait.

— Et avec vous, mère, cela m'arrangeait toujours et je crois qu'une des raisons pour lesquelles je ne me suis jamais marié, c'est que je n'ai jamais trouvé de femme qui fût, même de loin, aussi amusante, aussi spirituelle et aussi séduisante que vous.

— Qu'est-ce que je disais ! s'exclama Mrs Vanderfeld. Maintenant, je suis certaine que tu me caches quelque chose, pour me flatter de la sorte ! (Elle regarda son fils et le même éclair de malice brillait dans leurs yeux.) Fais ce que tu dois faire, puis reviens tout me raconter. A mon âge, je ne peux plus me passionner que pour les affaires de cœur des autres, par personne interposée.

— Pour vous changer des vôtres, mère ?

De nouveau, Mrs Vanderfeld se mit à rire.

Mais, lorsqu'il lui fit ses adieux, elle l'embrassa très tendrement, en lui disant d'une voix douce :

— Prends bien soin de toi, mon chéri. C'est toi mon bébé, maintenant qu'Elvin nous a quittés, et je vais penser à toi et prier pour que tu reviennes sain et sauf.

— Je reviendrai, mère, et vraiment dès que je le pourrai.

— Et n'oublie pas ce que j'ai dit au sujet de ton fils, lui cria-t-elle comme il ouvrait la porte.

— Vous avez déjà bien assez d'hommes pour vous aimer, lui répondit Wynstan, et tous deux riaient encore quand il referma la porte de la chambre.

Parcourant la liste des trois cent trente-deux passagers de première classe, Wynstan vit un nom qui attira son attention.

Le comte et la comtesse de Glencairn occupaient une cabine sur le pont « B ».

Il connaissait le comte depuis quelques années. C'était un vieux pair d'Angleterre qui excellait jadis à la chasse à courre, mais qui, après s'être cassé une jambe à plus de soixante-dix ans, était maintenant condamné au fauteuil roulant.

Toutefois, quelques années avant son accident, il avait épousé en secondes noces une Française aux yeux noirs, extrêmement séduisante.

Elle avait mené à Paris une vie plutôt agitée et, pour elle, ç'avait été un exploit de prendre place, par son mariage, parmi la noblesse anglaise et une joie de confondre ainsi tous ceux qui la critiquaient.

Wynstan avait fait sa connaissance six mois plus tôt, lors d'un dîner chez sa sœur, à la splendide résidence du duc, près d'Oxford. Il l'avait eue pour voisine de table et il avait compris, à sa façon de chercher à le séduire, qu'elle était aussi experte que lui en la matière.

Avec un sourire malicieux, Wynstan Vanderfeld posa la liste des passagers.

Allons ! la traversée ne serait pas aussi ennuyeuse qu'il l'avait craint.

3

Pour Larina, c'était comme si son cœur avait déjà cessé de battre.

Elle ne pouvait que penser aux jours, aux heures, aux minutes qui s'écoulaient ; elle se disait bien qu'avant de mourir, elle devrait faire quelque chose d'intéressant, qui sorte de l'ordinaire... mais voilà, quoi ?

Toute volonté semblait l'avoir quittée ; plus que jamais, elle aurait voulu que quelqu'un prît la situation en main et décidât pour elle.

Elle se contentait d'attendre, chaque jour avec plus de désespoir, la réponse d'Elvin à son télégramme.

Et s'il était trop malade pour venir à son secours ?

Cette pensée l'affolait tellement que, plusieurs fois par jour, elle sortait ses lettres et relisait la dernière qu'il lui avait adressée d'Amérique.

Il lui racontait combien sa mère avait été heureuse de le revoir et lui disait qu'en réalité, il avait supporté le voyage beaucoup mieux qu'il ne s'y attendait.

Je crois que l'air marin m'a fait du bien, écrivait-il. *Il me faisait penser à vous, et les jours gris me rappelaient vos yeux.*

Ses lettres étaient brèves ; mais Larina savait que même s'il avait voulu en écrire de plus longues, cela lui aurait demandé un trop gros effort.

En tout cas, il disait se sentir mieux. Cela même était encourageant, et il devait être encore en vie, sinon son cœur l'en aurait avertie.

La solitude lui pesait tant, depuis son retour à Londres, qu'elle avait essayé de se rappeler tout ce que lui avait dit Elvin.

« Comment pourriez-vous vous sentir seule, quand la vie vous entoure de toutes parts ? »

Un jour qu'elle évoquait ces mots, elle en avait

compris toute l'importance pour elle, maintenant que, dans sa solitude, elle n'avait personne vers qui se tourner. Elle s'était alors forcée à sortir et avait marché jusqu'à Hyde Park.

C'était un soulagement de quitter la petite maison au silence si oppressant et le vent frais lui rappelait l'air vif et pur de la Suisse.

Elle marcha sur le gazon vert jusqu'à la Serpentine ; le ciel, couvert jusqu'alors, laissait filtrer un pâle rayon de soleil, et elle s'assit sur un banc au bord de l'eau.

Jetant un regard autour d'elle, elle remarqua pour la première fois les primevères en fleur et les tulipes rouges dressées dans les plates-bandes, pareilles à des soldats de la Garde.

Plongée dans ses soucis, qui l'enveloppaient comme un brouillard, elle avait traversé le Parc sans rien voir, consciente seulement de sa peur de l'avenir et de la difficulté de trouver du travail.

Elle imagina Elvin assis à ses côtés, l'assurant que la vie était partout présente et qu'elle en faisait partie intégrante.

— Elvin, Elvin, aide-moi, je t'en supplie ! Aide-moi !

Elle eut l'impression d'avoir crié ces mots. Pourtant, seuls lui répondirent le froissement léger des feuilles mortes au pied des arbres et, au-dessus d'elle, le bruissement du vent dans les branches, où pointaient déjà les premiers bourgeons verts du printemps.

La brise ridait la surface de l'eau et les primevères courbaient la tête sur son passage.

« Je fais partie de tout cela et tout cela fait partie de moi », pensa-t-elle fortement, essayant désespérément de s'en convaincre. Mais les mots ne trouvaient en elle aucune résonance profonde.

Et voilà que soudain, la surface de l'eau se mit à briller d'un éclat aveuglant ; les primevères étaient aussi dorées que le soleil lui-même, et elle pouvait presque voir l'herbe pousser sous ses pieds.

Ce fut un moment intense, magique, divin, une splendeur immense dans le ciel et dans son âme.

Elle se confondait avec la nature autour d'elle, elle était la nature.

Mais, brusquement, comme elle était venue, la vision magique disparut.

Ce moment d'intense beauté, cette sensation de plénitude avaient été si brefs, si fugaces, qu'elle crut avoir rêvé. Et pourtant, quelque chose au plus profond d'elle-même le lui disait, tout cela s'était réellement produit.

« Je comprends, maintenant, ce que voulait dire Elvin. »

Elle essaya aussitôt de faire renaître la splendeur extraordinaire, mais, bien que le soleil se reflétât encore dans l'eau, la lumière avait déjà changé. « Avec un peu d'entraînement, cela deviendra peut-être plus facile », se dit-elle avec espoir.

Tandis qu'elle revenait chez elle, le souvenir de la vision merveilleuse illuminait son âme comme les feux d'un joyau.

Elle l'avait soulevée, exaltée, mais sans la réconforter vraiment. Au contraire, elle souhaitait plus désespérément encore qu'Elvin fût là pour lui en apprendre davantage.

Au fil des jours, elle avait évoqué cet instant. Maintes fois, elle avait essayé de le faire renaître; mais elle n'avait pu en retrouver l'éclat et l'émerveillement.

A présent, elle ne pouvait plus que penser au moment où ce cœur qui battait dans sa poitrine s'arrêterait, où ce souffle qui l'animait encore s'éteindrait.

Tout ce qu'elle pouvait faire, c'était appeler Elvin en pensée, comme il l'y avait engagée, et prier pour qu'il répondît au plus vite à son télégramme.

Lui seul pourrait l'empêcher d'être terrifiée comme elle savait qu'elle le serait, lorsque viendrait le vingt et unième jour.

Si Elvin ne pouvait pas partir immédiatement, il serait trop tard; et même s'il le pouvait, il ne leur resterait que très peu de temps à passer ensemble.

Elle avait peine à croire que ce qu'elle lui avait dit en Suisse s'était réalisé.

« Je pourrais très bien mourir avant vous. »

Ce n'avait été qu'une parole en l'air, de ces mots que l'on dit sans y penser. Et pourtant, maintenant, elle savait qu'elle ne survivrait pas à Elvin; et elle n'était pas, comme lui, prête à accepter sereinement la fatalité de la mort.

« Aide-moi! Aide-moi! » lui avait-elle crié, du fond de son cœur, sur le chemin du retour.

En rentrant dans la maison vide, elle l'avait trouvée lugubre, avec sa porte à la peinture écaillée, son tapis d'escalier élimé, et ce silence...

Ni sa mère ni elle n'avaient jamais aimé le 68, Eaton Terrace.

A vrai dire, elles avaient toutes deux quitté bien à regret leur grande maison confortable de Sussex Gardens, de l'autre côté du Parc.

Lorsque le Dr Milton avait succombé à l'attaque foudroyante d'un virus transmis par un de ses malades, sa femme avait appris par les hommes d'affaires que la maison appartenait en fait à ses associés.

Larina et sa mère avaient aussi découvert, avec consternation, qu'il laissait très peu d'argent.

Le Dr Milton avait une clientèle nombreuse parmi les habitants aisés de ce quartier de Londres.

Mais c'était un homme généreux, plein de compassion, et il soignait gratuitement bien des pauvres qui vivaient dans les taudis des environs de Paddington, payant même de ses deniers les médicaments et un peu du superflu qu'ils ne pouvaient s'offrir.

La plupart de ces pauvres gens, portant des petits bouquets de fleurs touchants, avaient assisté à son enterrement, parlant tous avec émotion du « bon docteur ».

Malgré tout, il avait été déprimant pour sa femme et sa fille de constater dans quelle triste situation pécuniaire il les laissait.

Mrs Milton, inconsolable de la perte de son mari, restait prostrée dans sa chambre, et Larina avait dû se charger elle-même de leur trouver un nouveau logement.

Pensant que, dans l'intérêt de sa mère, il valait

mieux l'éloigner du quartier où elle avait connu tant de bonheur, elle avait parcouru Belgravia, au sud du Parc, à la recherche d'une maison à louer pour un prix raisonnable.

Celle qu'elle avait trouvée dans Eaton Terrace n'était certes pas chère, mais, même une fois meublée de leurs objets personnels, elle paraissait petite, étouffante et peu accueillante. « C'est stupide de ma part, je sais, avait dit Mrs Milton quelques semaines après leur installation, mais je n'arrive pas à me sentir chez moi dans cette maison. »

Elle n'arrivait surtout pas, Larina le savait, à s'habituer à son veuvage, à ne plus avoir de mari pour la dorloter.

Mrs Milton avait toujours vécu en épouse choyée et adorée. Elle n'avait aucun désir d'indépendance et ne s'intéressait pas le moins du monde à cette émancipation des femmes dont on parlait tant.

Larina l'avait entendue dire un jour à son mari :

— Je n'ai pas envie de voter, mon chéri. Il me suffit que tu m'expliques toi-même la situation politique, s'il faut absolument que je sois au courant... et, pour tout dire, j'aimerais autant parler d'autre chose.

— J'ai bien peur que tu ne deviennes jamais une femme moderne accomplie, avait répondu le Dr Milton en souriant avec indulgence.

Alors, levant vers lui un regard d'adoration, elle avait conclu :

— Tout ce que je demande, c'est de rester ta femme, et rien de plus.

Ses parents étaient si heureux l'un par l'autre que Larina avait parfois le sentiment d'être de trop.

Pourtant, elle savait que son père l'aimait tendrement et, après sa mort, la façon dont sa mère s'était accrochée à elle lui avait prouvé combien elle comptait, elle aussi.

Mais à présent, livrée à elle-même, elle comprenait à quel point cette chaude ambiance d'affection dans laquelle elle avait toujours vécu l'avait mal préparée à sa solitude. « C'est peut-être heureux qu'il me reste si peu de temps à vivre, se dit-elle, non sans amertume. Mon éducation ne m'a pas du tout armée pour la vie dans ce monde hostile aux femmes seules. »

Elle se rappela que, pendant qu'elle se rendait chez sir John Coleridge, elle avait projeté de chercher une place de secrétaire.

C'était une idée qui lui était venue, mais elle savait qu'en cette période où l'on comptait de nombreux chômeurs dans le pays, il y avait bien peu de chances pour qu'une place éventuelle fût offerte à une femme plutôt qu'à un homme.

Nerveuse, elle monta au salon et contempla avec tristesse les trésors qu'avait chéris sa mère : la travailleuse en marqueterie dans laquelle elle avait toujours rangé sa broderie, le petit secrétaire entre les deux fenêtres sur lequel étaient posées des photos d'elle et de son père.

Elle caressa les bibelots de fine porcelaine qui ornaient le dessus de la cheminée : sa mère les avait reçus en cadeaux de Noël et y tenait particulièrement.

En les regardant, Larina remarqua qu'il manquait une main à la bergère en porcelaine.

Elle se dit, furieuse, que les locataires auraient pu être plus soigneux et, au moins, recoller le morceau brisé. Puis elle songea que cela n'avait plus aucune importance.

Sa mère ne saurait jamais qu'on avait abîmé les précieux souvenirs de sa vie de femme mariée et, dans quelques jours, elle non plus ne serait plus là pour les voir.

« Que vais-je faire de tous ces objets ? se demanda-t-elle soudain avec inquiétude. Je ne peux tout de même pas mourir sans en avoir fait profiter quelqu'un. »

Elle chercha une amie à qui elle pourrait se confier. Mais, bien que son père et sa mère eussent eu de nombreuses relations lorsqu'ils vivaient dans Sussex Gardens, ils ne l'avaient, selon l'usage, jamais autorisée à assister aux réceptions qu'ils donnaient.

Sa timidité l'avait empêchée de se lier d'amitié avec les rares fillettes de son âge dont elle avait fait la connaissance. Cependant, à en croire sa mère, tout devait changer lorsqu'elle serait grande.

— Il faudra donner un bal en l'honneur de Larina, avait-elle déclaré un jour à son mari. Tu ferais bien de commencer à mettre de l'argent de côté, John, car lorsqu'elle aura dix-huit ans, je compte dépenser une fortune pour ses toilettes, en particulier ses robes du soir.

— Tu vas peut-être nous dire que tu veux la présenter à la Cour.

— Mais parfaitement ! Je l'ai bien été, moi, à dix-huit ans.

— Ta famille avait une autre fortune que la nôtre.

— La présentation à la Cour était une coutume chez les Courtney, avait fait remarquer Mrs Milton avec dignité, et j'estimerais manquer à mon devoir vis-à-vis de Larina si je ne l'envoyais pas faire sa révérence à Buckingham Palace. (En souriant à sa fille, elle avait ajouté :) Si l'on estime que je n'occupe pas un rang assez important pour te présenter, ma chérie, je demanderai à ta marraine, lady Sanderson, de me remplacer. Elle t'envoie toujours un cadeau pour Noël. Bien qu'elle vive à la campagne et que nous nous voyions rarement, je sais qu'elle reste la chère amie fidèle de toujours.

Mais lady Sanderson était morte l'année suivante et Mrs Milton avait éprouvé un chagrin profond en perdant cette amie d'enfance qu'elle avait tant aimée.

Il n'y avait donc plus de lady Sanderson vers qui se tourner et, après une année passée en Suisse et l'année de deuil qui l'avait précédée, c'est tout juste si Larina se rappelait le nom des personnes qui fréquentaient autrefois Sussex Gardens. « D'ailleurs, qui aurait envie de m'accueillir simplement pour m'aider à attendre sans crainte ma mort prochaine ? »

Elle savait que, de toute façon, cela la gênerait de parler de la fin qui l'attendait.

« Je vais garder mon secret, se dit-elle dans un mouvement de fierté. Je ne vais pas geindre et me lamenter comme le faisaient certaines femmes avec papa. »

Elle se souvenait que son père avait dit un jour :
— J'en ai assez des pleurnicheuses !
— Qu'entends-tu par " pleurnicheuses " ? avait demandé sa mère en souriant.
— Ces femmes qui ont toujours mal quelque part ! Inutile de dire que ce sont toujours celles qui ont le plus d'argent ! Les pauvres, eux, se soucient des choses essentielles, comme naître, subsister, et mourir " au boulot " comme me l'a dit l'un d'eux.
— Ils ont du courage, avait reconnu Mrs Milton d'une voix douce.
— C'est ce que j'admire en eux. Beaucoup ont une nature mauvaise — perverse, diraient les réformateurs — mais, au moins, ils ont du cœur au ventre ! Ce sont les autres, que je ne peux pas souffrir !

« Je ne dois pas me plaindre, se dit Larina. Je dois être forte. Si papa avait vécu, j'aurais voulu qu'il soit fier de moi. »

S'asseyant sur le canapé, elle se demanda ce qu'elle pourrait faire pour tromper son angoisse. Il y avait bien à réparer les dégâts faits aux tentures et au mobilier par les locataires.

Mais à quoi bon ?

C'est alors qu'elle entendit, au sous-sol, la sonnerie de la porte d'entrée résonner clairement dans le silence de la maison vide.

— Qui cela peut-il bien être ?

Tout à coup, elle songea qu'on lui apportait peut-être un télégramme d'Elvin.

Elle se leva d'un bond et dévala l'escalier, une lueur soudaine dans le regard.

Elle courut ouvrir la porte, mais, au lieu du petit télégraphiste qu'elle espérait, elle trouva devant elle un homme d'âge mûr, élégamment vêtu et coiffé d'un chapeau haut de forme.

Il lui rappelait les clients aisés que soignait son père autrefois.

— Suis-je bien chez miss Larina Milton ?
— C'est moi-même !

Il parut légèrement surpris qu'elle eût ouvert la porte elle-même.

Comprenant qu'il semblerait étrange qu'elle vécût seule dans la maison, elle ajouta :

— Je regrette, la domestique est sortie.
— Puis-je vous parler un instant, miss Milton ?

Il avait ôté son haut-de-forme et ses cheveux gris lui donnaient une apparence des plus respectables.

Malgré tout, elle hésitait à le laisser entrer.

— C'est à quel sujet ?

Elle se demandait si c'était un représentant, sachant très bien que ces gens qui allaient de porte en porte proposer des assurances ou des articles de luxe se donnaient souvent des apparences trompeuses.

— J'ai une communication à vous faire de la part de Mr Elvin Farren.

Ses soupçons s'envolèrent aussitôt.

— Oh ! mais entrez donc ! se hâta-t-elle de dire

Après s'être soigneusement essuyé les pieds, i s'avança dans le couloir étroit, passant devan

Larina avec quelque difficulté, car il était assez fort. Puis il attendit qu'elle eût refermé la porte.

— Voulez-vous me suivre au salon ? C'est au premier.

Il posa son chapeau sur une chaise et s'effaça pour la laisser le précéder dans l'escalier.

Ils entrèrent dans le salon que les derniers rayons du soleil rendaient assez accueillant, malgré ses rideaux fanés et son tapis élimé.

— Asseyez-vous, le pria poliment Larina.

— Je me présente : Mr Donaldson, dit l'étranger avant de s'asseoir sur le bord du canapé, en face du fauteuil où Larina avait pris place.

— Vous avez des nouvelles de Mr Farren ? demanda-t-elle aussitôt.

— Mr Farren m'a demandé de venir vous trouver, miss Milton. Je crois comprendre, d'après ce qu'il me dit dans son télégramme, que vous désirez le voir.

— Oui, en effet... si c'est possible.

— Mr Farren propose que vous vous retrouviez à Sorrente.

— A Sorrente ? s'exclama Larina. En Italie ?

— Oui. Sa famille y possède une villa et Mr Farren m'a chargé de faire le nécessaire pour que vous puissiez vous y rendre immédiatement.

Larina le regarda d'un air abasourdi.

— Il voudrait que... je fasse tout ce voyage... pour le voir ?

— Lui viendra de beaucoup plus loin, d'Amérique, et je suppose qu'il estimait que ce ne serait pas trop vous demander.

— Non... non... bien entendu. Ce n'est pas ce que je veux dire. Mais cela me prend tellement au dépourvu.

— Vous savez où se trouve Sorrente, miss Milton ?

— Bien sûr. C'est près de Naples. Mon père m'a souvent parlé de Naples. Il s'intéressait beaucoup à Pompéi et à Herculanum.

— Il paraît qu'on y a fait d'importantes découvertes.

— C'est ce que j'ai lu, oui.

Larina répondait machinalement, stupéfiée par ce qu'elle venait d'entendre.

Elle avait supposé tout naturellement que si Elvin pouvait tenir sa promesse, il viendrait à Londres.

Il lui avait dit un jour que lorsqu'il y séjournait, il descendait au *Claridge's*, et elle avait pensé qu'elle pourrait y aller lui rendre visite, ou que s'il se sentait assez bien, il viendrait chez elle.

Mais Sorrente !

Elle n'arrivait pas à y croire.

— Mr Farren n'envisage pas, bien sûr, de vous laisser voyager seule, disait Mr Donaldson. Il m'a demandé de vous accompagner moi-même ou d'en charger un de nos agents. (Larina ne dit mot et, après un silence, il ajouta :) Je devrais peut-être vous préciser, miss Milton, que je gère les affaires de Mr Farren à Londres, où il a un bureau.

— Un bureau ? s'étonna Larina. Pour quoi faire ?

Mr Donaldson hésita un moment avant de répondre :

— Mr Farren a des intérêts financiers non seulement dans son pays mais aussi en Europe, où nous sommes ses mandataires.

— Ah! bon, je comprends!

En Suisse, déjà, elle avait pensé qu'Elvin devait être relativement riche, pour pouvoir s'offrir un chalet indépendant. Elle savait aussi combien les soins du Dr Heinrich étaient coûteux pour les malades non privilégiés comme sa mère.

Mais s'il fallait un bureau à Elvin pour gérer ses affaires, c'est qu'il devait posséder une fortune considérable et elle l'imaginait mal s'intéressant à des questions matérielles.

Pourtant, Mr Donaldson poursuivait, d'un ton net d'homme d'affaires :

— Si vous le permettez, miss Milton, je vous conseillerai de vous en remettre entièrement à moi. Je veillerai à vous faire voyager aussi confortablement que possible. Tout ce que j'aimerais savoir, c'est le temps qu'il vous faudra pour être prête.

— Le temps qu'il me faudra...? répéta Larina, ébahie.

— Mr Farren avait l'air de tenir à ce que vous vous rendiez en Italie aussi tôt que possible. Je ne sais pas exactement à quelle date lui-même y arrivera.

Il y eut un bref silence, puis Larina demanda, gênée :

— Pouvez-vous me donner une idée de... ce que coûte le voyage ?

— Pardonnez-moi de m'être aussi mal fait comprendre. Si vous allez en Italie, miss Milton, ce sera entièrement aux frais de Mr Farren. Il a bien insisté sur ce point dans son télégramme. C'est moi qui réglerai toutes vos dépenses.

— Mais je ne pourrais... permettre... commença Larina.

Puis elle se tut. A quoi bon protester ?

Si Elvin voulait qu'elle aille à Sorrente, elle ne pourrait s'y rendre qu'à ses frais.

Elle savait très bien qu'il ne lui restait pas à la banque de quoi payer son voyage.

Il serait ridicule de faire des manières ou de discuter alors qu'Elvin répondait à son appel au secours avec tant de gentillesse et de générosité.

Elle s'était demandé, après avoir envoyé le télégramme, si elle s'était exprimée assez clairement ; mais elle pensait qu'il comprendrait ce qu'elle voulait dire. Elle voyait bien, maintenant, qu'elle ne s'était pas trompée.

Il venait à son secours ; il l'aidait comme il le lui avait promis, et elle se devait d'accepter tout ce qu'il proposait.

Du canapé, Mr Donaldson l'observait.

— Tout ce que je vous demande, miss Milton, reprit-il au bout d'un moment, c'est de me dire quand il vous sera possible de partir.

Elle jeta un regard désemparé autour d'elle.

— Une seule chose m'empêche de partir immédiatement.

— Laquelle ?

— Je dois vendre tout ce que contient cette maison. J'ai besoin d'argent... Il me faut de nouvelles toilettes, si je vais à Sorrente. (Devant l'air étonné de Mr Donaldson, elle ajouta :) J'arrive de

Suisse — c'est là que j'ai rencontré Mr Farren Làbas, nous portions des vêtements chauds, à cause de l'altitude ; même l'été, les soirées étaient parfois très fraîches. Mais à Sorrente, il fera assez doux.

— Oh oui ! Il y fera sans doute même très chaud, dès le début d'avril.

— C'est ce que je pensais.

— Je comprends très bien qu'il vous faille quelques robes d'été. (Il sourit, ce qui le fit paraître beaucoup plus humain.) J'ai une femme et trois filles dont la toilette constitue pour ainsi dire l'unique sujet de conversation. Je suis donc bien placé pour en comprendre l'importance.

Larina sourit à son tour.

— Dans ce cas, vous pourriez peut-être m'aider. Je n'ai plus besoin de rien et je voudrais vendre tout ce qui est dans la maison.

— Vous allez donc la quitter, à votre retour de Sorrente ?

— Oui..., je vais partir.

— Nous pourrions organiser une vente aux enchères, ou même essayer de trouver un acheteur parmi les antiquaires, mais cela prendra du temps.

Il fit des yeux le tour de la pièce, puis demanda :

— Pourriez-vous me montrer le reste de la maison, miss Milton ?

— Mais oui, bien sûr.

Elle se leva et précéda Mr Donaldson dans les autres pièces.

Il y avait, en fait, bien peu de choses à montrer.

La chambre à coucher en acajou de sa mère était jolie, mais sans grande valeur.

Dans sa propre chambre, rien ne valait plus de quelques livres sterling. Mais il y avait une belle table dans la salle à manger, et les chaises étaient de style, avait dit son père.

Toutefois, ce n'était plus la mode à ce moment-là, et Mr Donaldson parut s'intéresser davantage aux tableaux qui ornaient les murs.

Ils allèrent enfin dans le bureau minuscule, où il ne jeta qu'un coup d'œil rapide ; apparemment, les livres ne l'intéressaient pas.

— J'ai bien peur que ce ne soit tout ! dit Larina, confuse. Il n'y a presque rien en bas, dans la cuisine. Je dois vous avouer que, depuis la mort de mon père, nous avons dû nous passer de domestique.

Elle se sentit rougir, car il trouverait étrange qu'elle eût commencé par lui mentir.

— Vous vivez ici toute seule ? (Elle fit oui, de la tête.) Je n'aime pas cela, miss Milton. S'il s'agissait d'une de mes filles, je ne le permettrais jamais. Je crois que plus vite vous serez à Sorrente, mieux cela vaudra. (Il se tut un instant avant d'ajouter, en souriant :) Bien sûr, vous ne pouvez pas partir sans garde-robe, mais je crois que je peux résoudre votre problème.

— Comment cela ?

— Je vais vous avancer cent livres et, pendant votre absence, je vendrai votre mobilier. Si j'en obtiens davantage, je vous remettrai la différence à votre retour.

— Et si vous obtenez moins ? s'inquiéta Larina.

— Je ne le pense pas. Il suffit de trouver les bons acheteurs, mais cela prend du temps. Certains meubles, comme le secrétaire du salon, ont de la valeur ; le buffet de la salle à manger, à lui seul, doit bien valoir quinze livres.

— Vous devriez peut-être vous renseigner davantage avant de vous engager, dit encore Larina, soucieuse.

— Je prends le risque, répondit Mr Donaldson avec un sourire paternel.

Ce disant, il s'assit au bureau dont se servait Larina.

C'était un meuble solide, qui ne ressemblait en rien à l'élégant secrétaire de sa mère.

— Si je vous fais un chèque, dit-il en sortant son carnet de sa poche, vous pourrez l'encaisser demain. Trois jours vous suffiraient-ils pour acheter les toilettes dont vous avez besoin ?

— Oui, sûrement.

— Cela me donnera le temps de réserver vos places à bord du ferry-boat de Douvres à Calais, et dans les trains qui vous emmèneront à Rome d'abord, puis à Naples.

— J'ose à peine y croire.

— Je vous ferai savoir l'heure à laquelle je viendrai vous chercher jeudi matin. Ce sera sans doute assez tôt.

— Cela ne me fait pas peur.

Mr Donaldson tamponna le chèque avec le buvard.

— Si vous avez besoin de quoi que ce soit d'ici là, vous pourrez me joindre à cette adresse. (Il semblait sur le point de sortir une carte de sa poche, mais, se ravisant, il écrivit l'adresse sur un morceau de papier.) Il vous suffira de vous adresser à un commissionnaire, et je viendrai dès que je le pourrai.

— Je suis sûre que je n'aurai besoin de rien. Je serai trop occupée à courir les magasins.

— C'est cela, amusez-vous bien, miss Milton, dit Mr Donaldson en souriant. Je ne pense pas que vous aurez besoin de toilettes très habillées. Etant donné l'état de santé de Mr Farren, je ne crois pas qu'il recevra beaucoup.

— Non, bien sûr.

— Les jardins de la villa sont très beaux. Ce seraient même, paraît-il, les plus beaux de toute l'Italie du Sud, et la villa proprement dite est superbe. Elle appartenait à l'origine à un célèbre sénateur romain. Mais Mr Farren voudra, je pense, vous raconter tout cela lui-même.

— Je crois rêver ! s'exclama Larina. C'est trop beau pour être vrai. Si seulement vous saviez ce que cela représente pour moi...

Elle s'interrompit brusquement. Elle avait failli s'ouvrir à un étranger de sentiments trop intimes.

— Je vous comprends, dit Mr Donaldson. Je ressens souvent cette impression dans mes rapports avec Mr... (Il s'arrêta net, avant d'achever en bégayant :) Farren et ses frères. (Il se dirigea vers la porte.) Vous voudrez bien m'excuser, miss Milton, mais je vais avoir fort à faire avant de venir vous chercher jeudi et la journée est déjà très avancée.

Larina le raccompagna jusqu'à la porte et lui tendit la main.

— Au revoir, Mr Donaldson. Et merci, merci infiniment !

— Au revoir, miss Milton, répondit-il d'un air grave.

Elle le regarda s'éloigner et vit qu'une automobile avec chauffeur l'attendait un peu plus loin.

Elle écarquilla les yeux.

Une automobile !

Il n'y en avait que quelques-unes à Londres et elles provoquaient toujours l'étonnement, voire l'inquiétude, parmi la foule de piétons.

Elvin n'avait jamais parlé d'automobiles lorsqu'ils étaient ensemble et elle l'imaginait mal au volant d'un de ces horribles véhicules qui soulevaient tant de poussière et effrayaient les chevaux.

Combien de fois n'avait-elle pas entendu son père dire :

— Le jour où il me faudra rendre visite à mes malades en automobile, je cesserai d'exercer. Vous m'imaginez arrivant devant leur porte en cornant ? Il y a de quoi donner une attaque d'apoplexie à toute personne au cœur un peu fragile.

— Ces automobiles sont si désagréables, elles sentent si mauvais, se plaignait sa mère.

— Tout le monde est grisé par la vitesse ; on veut des trains plus rapides, des bateaux plus rapides, des automobiles qui foncent sur les routes en renversant les enfants et les chiens. Où tout cela va-t-il nous mener ?

— Je me le demande, soupirait Mrs Milton. Je trouve que rien n'est plus charmant que rouler tranquillement, dignement, dans une voiture tirée par de paisibles chevaux.

Mais, en secret, Larina avait souvent souhaité monter dans une automobile. En regardant, par l'entrebâillement de la porte, la voiture s'éloigner, elle se dit qu'elle aimerait bien être dedans.

Même le bruit qu'elle faisait le long d'Eaton Terrace avait quelque chose d'excitant.

Il est vrai que, soudain, tout lui paraissait excitant, se dit-elle en refermant la porte.

Se pouvait-il qu'elle partît réellement pour l'Italie dans trois jours ?

L'Italie, qu'elle avait toujours souhaité connaître, sur laquelle elle avait lu tant de livres, et dont elle avait si souvent parlé avec son père...

Et que ce fût justement Sorrente !

Elle n'avait rien osé dire à Mr Donaldson, mais Sorrente l'intéressait tout particulièrement parce que, disait-on, c'était près de cette ville qu'Ulysse avait résisté à l'appel des sirènes. Pour ne pas se laisser captiver par leur chant, il avait bouché les oreilles des membres de son équipage avec de la cire et s'était lui-même fait attacher au mât du navire.

De tout ce que lui avait fait lire son père, c'était l'histoire de la Grèce qui avait le plus passionné Larina.

Si le Dr Milton s'intéressait plus spécialement aux découvertes archéologiques de Pompéi et d'Herculanum et aux tombeaux déterrés récemment en Egypte, il l'avait aussi poussée à étudier la religion et l'histoire des autres civilisations antiques.

Elle savait, par ses lectures, que Sorrente se trouvait dans le golfe de Naples, où les riches Romains faisaient construire jadis leur résidence d'été.

Mais bien avant les Romains, des colons grecs s'y étaient installés et avaient, disait-on, bâti le temple d'Athéna sur son promontoire.

Les Grecs avaient fasciné Larina beaucoup plus que tous les autres peuples dont elle avait étudié l'histoire.

Elle avait essayé de se passionner pour les autres cultures et religions qui intéressaient tant son père. Mais les dieux babyloniens et assyriens étaient lourds et grossiers, les dieux égyptiens, avec leurs têtes d'animaux, grotesques.

Les Grecs n'avaient pas de rois aussi splendides que les pharaons, pas de pyramides, pas de Nil pour fertiliser leurs terres.

Mais, selon Larina, ils avaient découvert ce que ne possédait aucune autre civilisation : la lumière, personnifiée par leur dieu Apollon.

Tous les matins, Apollon, dieu du Soleil, dieu de la Lumière céleste, traversait le ciel, intensément viril, lançant des millions d'étincelles, guérissant tout ce qu'il touchait, faisant germer les graines et défiant les puissances des ténèbres.

Pour Larina, il était devenu très réel.

De même que les Grecs l'avaient imaginé non seulement comme le soleil, mais comme un homme parfait, elle s'en était fait, peu à peu, une image bien précise.

Il n'était pas seulement le soleil ; il était la lune,

les planètes, la Voie lactée et les étoiles. Il était le scintillement des eaux, la lueur du regard. De tous les dieux, lui avaient dit ses livres, c'était lui qui accordait les plus grands bienfaits, qui était le plus généreux et le plus clairvoyant.

Elle avait été ravie d'apprendre par son père que le fidèle compagnon d'Apollon était le dauphin, la plus lisse et la plus luisante de toutes les créatures.

Elle était allée regarder les dauphins au jardin zoologique et les avait imaginés accompagnant Apollon, brillant comme lui d'un éclat qui n'illuminait pas seulement le monde, mais l'esprit humain.

Elle avait essayé de communiquer à son père ce qu'elle éprouvait et il avait eu l'air de comprendre.

— Quand j'étais en Grèce, lui avait-il dit, j'ai remarqué que le soir, lorsque Apollon disparaît, les gens sont malheureux. Je crois qu'aucun autre peuple au monde ne fait brûler autant de lampes, la nuit, dans les maisons. (Il avait souri.) Même les jours de plein soleil, ils allument leur lampe, alors qu'ils ont à peine de quoi payer leur huile. (Il s'était tu un instant, puis, son expression redevenue sérieuse, il avait ajouté :) La lumière est leur protection contre les forces du mal.

« Apollon, dieu de Lumière... » songea Larina.

Même si elle ne devait jamais voir la Grèce avant de mourir, elle foulerait du moins, à Sorrente, un sol où les Grecs l'avaient adoré.

Tout excitée à l'idée de ce qui l'attendait, elle s'imaginait que ce n'était pas Elvin qu'elle allait voir à Sorrente, mais Apollon, qui avait figuré dans ses rêves d'adolescente et même contribué à l'évolution de son esprit.

C'était là, pensait-elle, l'apport des Grecs à l'humanité : la révélation non seulement d'un corps parfait mais d'un esprit curieux, comme l'était le sien, persuadé que la connaissance et la raison n'avaient pas de limites.

Toutefois, ce n'était pas le moment de se livrer à l'introspection ou de songer trop longuement à Apollon. Elle devait s'acheter des toilettes. Et pour une fois, se dit-elle, rien ne lui semblerait trop cher et elle n'en éprouverait aucun sentiment de culpabilité.

Le lendemain matin, elle se leva très tôt et alla à la banque encaisser le chèque de cent livres de Mr Donaldson et retirer le solde de son compte, qui, depuis son retour à Londres, s'était sérieusement amenuisé, semaine après semaine. « Je garderai dix livres pour les pourboires, et je dépenserai tout le reste », décida-t-elle.

Elle ne reviendrait pas de Sorrente, puisque les vingt et un jours se termineraient peu après son arrivée là-bas ; et, une fois sur place, elle n'aurait pas besoin d'argent.

Elle regretta de ne pas s'être mieux renseignée auprès de Mr Donaldson sur le genre de toilettes dont elle aurait besoin, mais elle réfléchit qu'il n'en saurait sans doute pas plus qu'elle.

Au soleil, il fallait porter du blanc ou des couleurs vives et il n'y avait vraiment pas grand-chose d'utilisable dans sa garde-robe actuelle.

D'ailleurs, elle comptait bien profiter de ses cent

livres pour se faire belle pour Elvin et peut-être aussi pour être une invitée digne de la villa dont Mr Donaldson avait vanté la magnificence.

L'ennui, c'était que, faute de temps, elle devrait se contenter de toilettes de confection.

Les modèles élégants des grands couturiers de Londres étaient créés sur mesure pour chaque cliente ; ils nécessitaient plusieurs essayages et il fallait attendre au moins deux ou trois semaines pour les avoir.

Sa mère avait toujours fait faire les toilettes habillées qu'elle portait dans les grandes occasions par un couturier de Hanover Square ; elles ne coûtaient pas une fortune, mais leur confection demandait également trop de temps.

Larina commença donc par aller chez Peter Robinson, dans Regent Street, où l'on vendait des modèles de confection.

Elle y trouva deux jolies robes en mousseline légère que l'on pouvait retoucher pour le lendemain. Leur prix était raisonnable, et c'étaient, en fait, les seules robes du magasin dont le corsage ne fût pas trop ample pour elle.

— Vous êtes très mince, mademoiselle, lui dit la retoucheuse en marquant les pinces avec des épingles.

— Je sais que ce n'est pas la mode, répondit-elle en souriant.

— Oh ! vous vous étofferez bien assez vite, en prenant de l'âge.

La silhouette lancée par l'Américain Charles Dana Gibson remportait un succès fou en Angleterre. Ses dessins, dans les journaux de mode, de femmes ravissantes au buste généreusement **bombé** et à la taille très cambrée, avaient mis en vogue le " S Gibson ", comme on l'appelait.

Larina savait bien qu'elle n'aurait jamais cette poitrine large et protubérante ni cette croupe rebondie accentuée par le drapé des jupes et souvent par une tournure savamment dissimulée.

En tout cas, elle était bien décidée à ne pas acheter de ces cols montants baleinés si peu confortables que portaient la plupart des femmes chic pendant la journée.

Elle choisit au contraire des robes à col souple de mousseline que l'on nouait sur le devant ou dans le dos. C'était discret, mais pas à la dernière mode.

« Avec la chaleur, je me sentirais trop à l'étroit », se dit-elle, pour se justifier de ne pas suivre le goût du jour.

Elle se demandait où acheter ses robes du soir. Elle se souvint alors qu'en Suisse sa mère et elle avaient vu dans *The Ladies' Journal* de ravissants modèles créés par Paul Poiret.

La légende disait :

Ce modéliste français essaie de donner à la mode féminine un style « plus gracieux, plus fluide ». Ses idées nouvelles, ses créations très originales font sensation à Paris comme à Londres.

« Je peux toujours aller voir ! » se dit-elle.

Elle savait que Poiret avait une boutique dans Berkeley Street et, avec le sentiment de ne vraiment rien se refuser, elle préféra un fiacre à l'omnibus.

En temps normal, sa timidité lui aurait fait craindre d'entrer seule dans un magasin aussi luxueux, mais le fait de n'avoir plus d'avenir devant elle lui donnait une audace inaccoutumée.

Si l'on trouvait sa conduite étrange, quelle importance ? Si on la critiquait, elle ne serait plus sur terre assez longtemps pour le savoir. Même si elle causait un scandale, plus personne n'y penserait dans trois semaines, lorsqu'elle serait morte.

Très sûre d'elle, ne se souciant même pas de son manque d'élégance, elle entra et demanda à voir quelques-uns des modèles.

— Nous avons très peu de modèles à montrer pour le moment, madame, lui répondit une vendeuse d'un air supérieur. La nouvelle collection de M. Poiret doit arriver de Paris et sera présentée la semaine prochaine. Pour le moment, nous n'avons, à vrai dire, que les modèles en solde.

— En solde ? s'exclama Larina.

Il y avait donc des modèles tout prêts, qu'il suffirait de retoucher ?

Ô joie ! Elle n'allait pas s'entendre dire, comme elle l'avait craint, qu'il faudrait plusieurs jours pour lui faire des robes sur mesure.

Elle avait été bien inspirée, devait-elle penser ensuite, et c'était une chance qu'elle ait eu le courage d'entrer chez Poiret.

Elle en était ressortie avec deux robes du soir et deux pour le jour, plus une tenue de voyage.

Lorsqu'elle eut expliqué à la vendeuse qu'elle partait pour l'Italie le jeudi suivant, celle-ci, sans doute amusée par son enthousiasme et émue, à la fois, par sa jeunesse et par cet air désemparé dont elle n'avait pas conscience, perdit son air supérieur et se montra d'une extrême gentillesse.

Finalement, elle lui demanda, sans plus de façons :

— De combien disposez-vous ?

— En tout, je peux dépenser près de cent livres.

Ensemble, elles calculèrent ce qu'il lui faudrait. Tant pour les chapeaux : il lui suffirait d'en avoir un, à larges bords pour la protéger du soleil, et dont elle assortirait les rubans à ses toilettes.

Tant pour les chaussures : des blanches pour le jour, plus une paire en satin à porter avec ses robes du soir.

Pour les gants, elle se contenterait de ceux qu'elle possédait déjà et elle pouvait donc utiliser tout le reste de son argent pour ces robes merveilleuses, originales, ravissantes, qu'on aurait cru faites pour elle, lui fit remarquer la vendeuse.

Larina apprit que Poiret n'aimait pas le " S Gibson ". Il préférait les robes aux lignes fluides et mouvantes, comme celles qu'on lui fit essayer.

Pour le soir, il y en avait une en gaze blanche, une autre d'un rose pâle de fleur d'amandier, avec de longs foulards de gaze assortis.

Tous les modèles étaient drapés en plis souples qui rappelaient à Larina le mouvement du vent dans les herbes hautes.

— Elles vous vont vraiment à ravir, madame ! s'exclama la vendeuse lorsque la dernière robe fut enfin épinglée.

On promit de les lui livrer en fin de soirée, le mercredi suivant.

En se regardant dans la glace, Larina reconnut que jamais elle n'avait porté de robes aussi seyantes.

Elles donnaient des reflets à ses cheveux d'or pâle, elles rendaient ses yeux gris, qui viraient parfois au vert, plus lumineux, et elles accentuaient la blancheur de sa peau.

— Vous avez été si gentille ! dit-elle à la vendeuse dans un élan spontané. Je n'en reviens pas d'avoir eu le courage d'entrer seule dans un magasin aussi chic que le vôtre.

— Cela a vraiment été un plaisir pour moi de vous servir, répondit la jeune femme avec sincérité. Je regrette seulement de ne pouvoir être là pour vous admirer quand vous les porterez.

— Je le regrette aussi.

— Il n'importe ! Je sais quel succès vous aurez, et c'est déjà une satisfaction pour notre maison.

Larina sourit. Elle était sûre qu'Elvin la trouverait belle, et c'était tout ce qu'elle voulait.

Elle se rappela les petits compliments qu'il lui avait faits à diverses occasions et, plus particulièrement, le jour où il lui avait dit qu'il la voulait auprès de lui lorsque « son âme prendrait son essor ».

Seulement voilà, ce n'était pas l'âme d'Elvin qui s'envolerait la première vers l'inconnu, mais la sienne.

« A Sorrente, c'est vers la lumière que j'irai, pas vers les ténèbres, se dit-elle. Et avec Elvin auprès de moi, je n'aurai plus peur. »

4

Wynstan, après son agréable voyage d'Amérique et son séjour non moins joyeux à Paris, était d'une humeur de dogue pendant tout le trajet de Paris à Rome, puis de Rome à Naples.

Comme il s'y attendait, la présence de la séduisante comtesse de Glencairn avait rendu la traversée à bord du *Kaiser Wilhelm der Grosse* fort agréable.

Il avait pu constater dès le premier soir, en descendant dans la vaste salle à manger, qu'en effet, l'attirance était réciproque entre elle et lui.

Une lueur dansa dans les yeux noirs de la comtesse en le voyant entrer et sa bouche prit une moue provocante. Bien avant la fin de la soirée, il savait qu'ils vivraient une de ces affaires de cœur auxquelles les Français donnaient la légèreté d'un soufflé surprise.

Wynstan, qui s'était distrait avec des femmes de toutes nationalités, trouvait l'attitude des Françaises face à l'amour de beaucoup la plus civilisée, la plus évoluée.

Elles le savouraient comme un gourmet déguste un mets nouveau, soigneusement, sans se presser, pour en apprécier pleinement la saveur, en goûter tous les délices cachés.

Les Anglaises prenaient l'amour tellement au sérieux ! C'étaient toujours des « est-ce que tu m'aimeras toujours ? », des « suis-je la première femme que tu aimes vraiment ? ».

En réalité, elles concevaient l'amour comme quelque chose de permanent, et non comme un feu follet qui pouvait s'éteindre du jour au lendemain mais qui, tant qu'il durait, n'en était pas moins un véritable enchantement.

Yvette Glencairn était experte dans cet art, vieux comme le monde, de la séduction féminine, et Wynstan, qui croyait connaître toutes les ficelles, fut ravi de découvrir qu'elle avait encore beaucoup à lui apprendre.

Parce qu'elle était française et savait tenir sous son charme non pas un homme mais plusieurs à la fois, Yvette se montrait toujours adorable avec son mari, chose dont les Anglaises méconnaissaient l'importance, lorsqu'il ne s'agissait que d'une liaison « pour passer le temps ».

Le comte avait retrouvé Wynstan avec plaisir et l'entretenait de ses écuries et de ses chasses à courre d'autrefois.

Ils faisaient des pronostics et discutaient des chances des chevaux dans le Derby et les autres grandes courses d'Angleterre de la saison à venir.

Wynstan partageait la table des Glencairn dans la salle à manger et il les invitait souvent dans sa cabine après les repas.

Mais une fois tout le monde couché et le comte endormi, Yvette, en déshabillé diaphane qui ne laissait pas grand-chose à deviner, ouvrait la porte de la cabine où l'attendait Wynstan.

Affriolante, excitante, elle le comblait pleinement, et lorsqu'elle le supplia de passer quelque temps avec elle et son mari à Paris, il fut très tenté de reculer de quelques jours son départ pour Sorrente.

Il savait qu'à cette époque de l'année, il retrouverait beaucoup d'amis à Paris.

Les marronniers refleuriraient sur les Champs-Elysées, les paniers des bouquetières seraient remplis de violettes de Toulouse, il y aurait une odeur de printemps dans l'air et *Maxim's* serait plus gai que jamais.

Comme l'avait découvert sa mère — il se demandait bien comment, d'ailleurs — il avait passé une grande partie de son temps, lors de son dernier séjour à Paris, avec celle qui avait succédé aux « grandes cocottes parisiennes » des années 1890, l'ensorcelante Gaby Deslys.

C'était la danseuse de music-hall dont parlait tout Paris, et Wynstan, comme tous ses autres admirateurs, était sûr qu'elle connaîtrait un immense succès.

Elle n'avait pas du tout le genre de beauté qu'il recherchait généralement chez une femme. Mais son visage de chérubin, ses yeux de braise au regard enjôleur sous les paupières lourdes, ses lèvres écarlates toujours entrouvertes dans un sourire plein de sensualité, de gaieté et de gentillesse, la rendaient unique.

Effrontée, excentrique, parfois vulgaire, elle faisait penser à un oiseau de paradis, non seulement sur scène, où elle n'était vêtue — si l'on peut dire — que de plumes et de perles, mais dans les restaurants et même, par quelque alchimie secrète qui lui était toute particulière, au lit.

Elle avait une vitalité qui rendait sensuel le moindre de ses gestes, mais plus elle était voluptueuse, plus elle choquait, plus les gens l'aimaient.

Sitôt qu'elle paraissait, elle semblait personnifier Paris, et lorsqu'elle s'était produite à Londres, l'année précédente, les journaux avaient dit d'elle, sans exagération, qu'elle était « l'image de *la vie parisienne* ».

Ce serait amusant, se dit Wynstan, de revoir Gaby, et il y avait aussi beaucoup d'autres amis qui l'accueilleraient à bras ouverts. Mais il avait promis à Harvey d'empêcher Larina Milton de nuire à son élection et, aux Etats-Unis, le jour décisif approchait à grands pas.

Le *Kaiser Wilhelm der Grosse* n'avait pas effectué la traversée de New York à Southampton dans son temps record habituel, de cinq jours, vingt-deux heures, quarante-cinq minutes. A cause du mauvais temps, il avait quarante heures de retard.

Il fallut encore à Wynstan un jour et une nuit avant de quitter Cherbourg, et il n'arriva à Paris que très tard dans la soirée du 8 avril.

C'était l'itinéraire le plus rapide pour se rendre à Rome, mais il fut ravi de découvrir qu'il avait une nuit à passer dans la capitale avant de prendre l'express, le lendemain matin.

Seulement il manqua son train.

Cela n'avait rien d'étonnant, car il n'avait regagné sa suite au *Ritz* qu'à 6 heures du matin, après une nuit passée à rire, lui semblait-il, une nuit légère et pétillante comme une coupe de champagne.

Gaby, éblouissante dans toutes ses plumes et ses

bijoux, avait dansé sur une table chez *Maxim's*, et quand il l'avait raccompagnée chez elle, il avait compris qu'il ne prendrait jamais l'express qui devait quitter la gare de Lyon à 7 heures moins le quart ce matin-là.

En outre, il n'y avait plus d'express pour Rome avant le lendemain matin. Il aurait pu prendre un omnibus, mais il aurait dû ensuite changer plusieurs fois de train et il ne serait pas arrivé plus tôt à destination.

Il en éprouva quelque remords.

Puis il se dit qu'il n'y aurait pas de journaux américains indiscrets à Sorrente et que si la petite amie d'Elvin devait patienter un peu, elle serait d'autant plus prête, peut-être, à accepter une somme raisonnable en échange de son silence.

Après avoir bien réfléchi pendant la traversée de l'océan, il en était arrivé à la conclusion que Harvey se trompait et qu'il était impossible que Larina attendît un enfant d'Elvin.

Elvin n'avait jamais été un séducteur — du moins, il ne le pensait pas.

Il n'y avait pas eu de femmes dans sa vie ; cela, il en était à peu près sûr. Mais il est vrai qu'ils étaient restés de longues périodes sans se voir ni s'écrire.

Lorsqu'ils étaient ensemble, ils avaient toujours été très proches l'un de l'autre, beaucoup plus qu'il ne l'était de ses deux autres frères ; mais après tout, il avait passé tellement de temps à l'étranger qu'Elvin pouvait bien avoir élargi ses horizons sans qu'il fût au courant.

Son jeune frère lui avait toujours donné l'impression d'avoir un peu de Galaad en lui.

Parce que, même enfant, Elvin avait toujours été chétif et maladif, il avait lu beaucoup plus que ses frères, et leurs conversations en tête à tête portaient généralement sur la philosophie ou la psychologie, rarement sur des sujets d'actualité ou sur les problèmes courants de la vie quotidienne.

Mais après tout, Elvin avait peut-être, sans lui en parler, commencé à s'intéresser aux femmes.

D'après le télégramme de Larina, il était clair qu'elle avait joué un rôle dans sa vie.

Que lui avait-il promis ? Que lui avait-il dit dans ses lettres ? Une réponse se présentait spontanément à l'esprit, mais il se refusait à l'admettre.

Tandis qu'il roulait vers Naples, Wynstan sentit la colère monter en lui.

Si cette femme avait fait souffrir Elvin, il l'étranglerait.

Elvin tenait une place à part dans sa vie et jamais il ne supporterait de voir salir l'image qu'il gardait de lui.

C'était cela, beaucoup plus que les inquiétudes insensées de Harvey au sujet de sa campagne électorale, qui l'avait décidé à partir pour l'Europe.

Il éprouvait de l'affection pour son frère aîné, certes, mais sa nature impitoyable, son égoïsme, sa soif insatiable de puissance et de gloire ne lui échappaient pas.

Il ne jugeait pas Harvey, il l'acceptait tel qu'il était. Ses sentiments à l'égard d'Elvin étaient, cependant, bien différents.

Lui seul savait quelle place toute spéciale celui-ci occupait dans son cœur.

Wynstan dissimulait son côté sentimental sous une attitude moqueuse et désinvolte que les femmes trouvaient irrésistible.

Parce qu'elles n'arrivaient pas à le conquérir puis à se l'attacher, à le garder prisonnier, elles le pourchassaient sans relâche, avec une véritable frénésie.

La lueur de malice si prompte à jaillir dans ses yeux bleus les rendait folles.

Pour Harvey et Gary, c'était un être énigmatique, qu'ils dénigraient faute de le comprendre.

« Wynstan est une tête brûlée ! Il ne pense qu'à s'amuser », ne cessait de dire Harvey tout en sachant parfaitement que ce n'était pas vrai.

Wynstan était différent de ses frères. Sa mère s'en rendait bien compte, et-elle n'avait pas tort lorsqu'elle affirmait que c'était un être à part. Les règles qu'elle imposait à ses autres enfants ne valaient pas pour lui.

Le train devait arriver à Naples dans l'après-midi.

Il faisait déjà très chaud au début de la matinée, lorsque Wynstan avait changé de train à Rome.

En complet de tussor blanc et chemise de batiste, préparés pour lui dans son wagon-lit par son valet de chambre, il était plus élégant que jamais.

Il faisait faire ses costumes à Londres et choisissait ses chemises à Paris, ses chaussures en Italie et ses boutons de manchettes chez *Tiffany's*, à New York.

Il avait cependant une telle aisance, une élégance

si naturelle que tout cela lui allait comme une seconde peau et qu'on remarquait non pas ce qu'il portait, mais sa seule personne.

Cela faisait sept ans qu'il n'était plus allé à Naples et n'avait plus séjourné à la villa de son grand-père, à Sorrente.

Il avait oublié combien Naples — " le paradis du diable ", comme on l'appelait — était mystérieuse. C'était une des rares villes d'avant l'ère chrétienne, songeait Wynstan tandis que le train entrait en gare, à n'avoir pas péri, à s'être fait une place dans le monde.

Un commissionnaire, prévenu de son arrivée par Mr Donaldson, était venu l'attendre à la gare.

Une fois qu'il l'eut conduit loin du bruit et de la confusion, il s'excusa :

— *Scusi, signore,* je n'ai pas pu trouver d'automobile dans un aussi bref délai. (En voyant le visage de Wynstan se rembrunir, l'Italien se hâta d'ajouter :) J'ai pensé, *signore,* qu'une voiture confortable tirée par des chevaux rapides valait mieux qu'une automobile sans confort, qui serait certainement tombée en panne pendant le trajet jusqu'à Sorrente.

L'explication était si ingénieuse que Wynstan ne put s'empêcher de sourire.

— Je ne suis pas pressé, répondit-il.

C'était d'ailleurs vrai, se dit-il en se mettant en route, laissant son valet de chambre s'occuper des bagages et le suivre dans une autre voiture.

Il n'était vraiment pas pressé d'atteindre Sorrente et tous ses problèmes et, tandis que les excellents chevaux l'emportaient à travers la ville magnifique, il se sentit enfin plus détendu et se mit à regarder autour de lui.

Devant les maisons aux portiques ouvragés, le Castel dell'Ovo, les églises baroques, les palais, la Piazza del Plebiscito, devant la splendeur de Naples, il se souvint qu'elle avait été fondée par des colons grecs installés à Cumes vers l'an 730 av. J.-C.

Ce qu'il avait oublié, en dehors de la beauté de la ville avec ses escaliers étroits s'élevant vers le ciel, ses ruelles, ses habitations souterraines, son port grouillant de navires et de petites embarcations, c'était la qualité de l'air.

Il respira à pleins poumons. Il aurait reconnu cet air les yeux fermés.

Il avait quelque chose de spécial, que l'on ne trouvait nulle part ailleurs. Tout comme la mer : sitôt qu'il l'aperçut, il en remarqua la luminosité transparente, très particulière à Naples.

Dès que la voiture eut quitté la ville, apparut le Vésuve, dont les pentes boisées s'élevaient droit au-dessus de la plaine côtière que traversait la route.

Alors, Wynstan se laissa aller sur les coussins pour ne plus penser qu'à la beauté des fleurs, des arbustes, des arbres en pleine floraison, et au pittoresque de ces petits villages où la moitié des hommes paressaient au soleil, un verre de vin à la main.

Partout, on entendait de la musique.

« Quelle sottise de n'être pas venu ici plus souvent ! » se dit-il, en regrettant de ne pouvoir être seul à la villa.

Redoutant soudain tout ce qui pourrait venir

gâcher la beauté de cette mer bleue, de ce ciel lumineux, de cet air que l'on sentait vibrer, il fit arrêter la voiture à Castellammare di Stabia.

Il s'assit à la terrasse d'un petit café et commanda une bouteille de vin du pays.

Le cocher, ravi, donna un sac de foin à chacun des deux chevaux et s'en alla retrouver des amis dans l'arrière-salle.

Wynstan savait que l'attendait maintenant la plus belle promenade au monde et pensait que le vin lui ferait peut-être goûter plus vivement encore le charme de cette route dont, enfant, il croyait qu'elle conduisait à l'Eldorado.

Cela l'avait toujours étonné que son grand-père, considéré par la plupart comme un homme imposant et assez effrayant, ait eu le flair et l'imagination nécessaires pour créer une chose aussi belle que cette villa où il avait passé les dernières années de sa vie.

Il l'avait fait reconstruire exactement telle qu'elle était, pensait-on, au temps des Romains.

De cette époque, subsistaient plusieurs magnifiques pavements de mosaïque, des colonnes, quelques pans de murs et, bien entendu, les fondations.

A partir de ces quelques éléments, et en rassemblant tous les objets de la région qui avaient pu, à une époque ou une autre, avoir un lien quelconque avec la villa, Mr Vanderfeld père avait créé un palais d'une beauté sans égale en Italie.

En outre, et c'était ce qui avait le plus surpris sa famille, il avait fait du jardin un véritable paradis pour les yeux.

Il avait fait preuve de beaucoup de perspicacité en même temps que d'imagination, et Wynstan, en grandissant, s'était souvent dit qu'il ressemblait plus à son grand-père qu'à son père.

Il y avait en son grand-père un côté poétique dont Elvin et lui seuls avaient hérité.

Son vin terminé, Wynstan remonta en voiture à regret, sous les regards admiratifs des *signorine* groupées autour de la fontaine du village.

L'eau de Castellammare di Stabia était déjà réputée au temps des Romains, et la grotte à flanc de colline était même antérieure à cette époque.

La voiture se remit en route. Dans la mer se reflétait, maintenant, la lumière dorée du soleil couchant.

La villa Arcadia était située à l'endroit précis où la montagne faisait place au très fertile *piano di Sorrento,* terrasse naturelle qui surplombait le golfe de Naples par des falaises abruptes, à une centaine de mètres de hauteur.

On y avait, Wynstan le savait, spécialement aménagé des marches qui descendaient jusqu'à la mer, à un appontement privé où il comptait bien trouver son petit yacht à moteur.

Il l'avait commandé à Monte-Carlo et avait télégraphié au constructeur de le livrer à Sorrente à temps pour son arrivée.

Il avait hâte de le voir. Ce n'était pas son premier yacht à moteur, mais celui-ci, dont il avait lui-même choisi les caractéristiques, était tout à fait spécial.

Il espérait pouvoir disposer d'un moment de solitude pour aller l'essayer dans le golfe.

La plaine de Sorrente était d'un vert luxuriant, rompu seulement de loin en loin par les murs blancs d'une villa ou par un clocher ou un dôme d'église recouvert de majolique multicolore.

Partout abondaient les orangers et les citronniers, lourds de fruits, ainsi que les vignes, les noyers, figuiers, cerisiers et grenadiers, et les plantes tropicales.

Les chevaux franchirent la grille d'entrée en fer forgé, réplique de celle d'un célèbre palais de Naples.

Elle était magnifique, décorée d'armoiries en or et flanquée de deux griffons en pierre, qui ornaient jadis le jardin d'un temple antique qu'on avait ensuite abandonné et laissé tomber en ruine.

L'allée, qui n'était pas très longue, contournait une fontaine en pierre au pourtour fleuri d'azalées jaunes.

La porte d'entrée ouvrait sur une terrasse entourée d'une balustrade couverte de géraniums et de rosiers grimpants.

« C'est encore plus beau que dans mon souvenir ! » se dit Wynstan en descendant de voiture, salué par plusieurs domestiques italiens.

Il faisait frais dans le vestibule, dont le pavement était la réplique de mosaïques découvertes à Herculanum.

En retrouvant les colonnes de marbre, les plafonds décorés, le panorama qu'on apercevait par les fenêtres, Wynstan sentit toute la magie de la villa l'envahir de nouveau.

Il se rappela l'époque où, enfant, il courait dans toute la maison et entendait l'écho de son rire répercuté par les hauts murs des corridors de marbre. Le soleil doré du jardin l'avait réchauffé et fortifié, et il se sentait alors libre et léger comme il ne devait plus jamais l'être.

— *Il signore* a-t-il fait bon voyage ? demanda le majordome italien d'un certain âge qui avait la charge de la maison.

— Excellent, merci.

— *Il signore* désire-t-il du vin ou un rafraîchissement ?

— Pas pour l'instant. Où est miss Milton ?

— Dans le jardin, *signore*. La *signorina* est ici depuis deux jours, et elle passe tout son temps dans le jardin, qu'elle trouve magnifique.

— C'est bien, je vais la rejoindre.

Tête nue, Wynstan s'avança dans un flamboiement de couleurs. Les terrasses à flanc de colline sur la droite de la villa faisaient penser aux jardins suspendus de Babylone.

Les tubéreuses, les lilas et les lis embaumaient l'air et, au pied des oliviers qui descendaient en pente douce jusqu'à la plaine, le gazon était parsemé de jacinthes. Partout, les tulipes, les pivoines et les narcisses fleurissaient à profusion.

Wynstan vit que les amandiers, toujours les premiers à refleurir, avaient déjà perdu leurs fleurs et qu'à leur pied s'étalait un tapis de pétales blancs et roses.

Les branches de l'arbre de Judée se détachaient en pourpre sur le ciel, les grappes des cytises tombaient en cascade comme une pluie d'or et, en arrière-plan, les mimosas formaient un nuage jaune.

Regardant autour de lui, il remarqua, comme le soleil baissait à l'horizon, que la teinte de feu des azalées se retrouvait dans les flammes qui jaillissaient vers le ciel.

Il avança sans hésiter, sachant d'instinct où il trouverait Larina Milton à cette heure.

Au coucher du soleil, les occupants de la villa montaient toujours, par l'escalier de pierre tortueux des jardins suspendus, jusqu'à un promontoire où, très haut au-dessus de la villa, surplombant la mer, se trouvait un temple antique.

Le grand-père de Wynstan avait découvert que c'était un temple grec et l'avait fait restaurer, tout en ignorant à quel dieu il était dédié.

Et voilà que la dernière année de sa vie, en creusant le sol pour agrandir le jardin, les terrassiers avaient trouvé une statue.

Le temps et l'érosion avaient accentué la blancheur du marbre, la pluie et le soleil l'avaient teinté couleur de chair.

La statue n'était pas trop endommagée : il lui manquait les bras et les traits du visage étaient effacés, mais elle avait une beauté et une grâce telles qu'on en avait le souffle coupé.

Les jambes étaient couvertes en partie par un voile aux plis souples qui partait au-dessous des hanches ; la courbe exquise des seins et les lignes du bas du corps étaient intactes. En voyant cette statue, on était toujours saisi d'étonnement, comme si l'on avait peine à croire qu'une beauté pareille eût pu exister.

— C'est Aphrodite ! avait déclaré son grand-père à Wynstan. La déesse de la Beauté, de l'Amour et de la Fécondité.

— Comment pouvez-vous en être certain ? avait demandé celui-ci.

Il avait quinze ans, à l'époque, et était fier qu'on lui parlât comme à un homme.

— Ne vois-tu donc pas, rien qu'en la regardant, que ce ne peut être qu'elle ? Elle est sortie de l'écume des eaux, et c'est d'ici, de son temple dominant la mer, qu'elle donnait bonheur et prospérité à ceux qui y travaillaient.

Wynstan avait longuement contemplé la déesse que son grand-père avait dressée sur un socle de marbre.

De chaque côté de la statue, il avait planté des lis, car c'était, disait-il, la fleur qui convenait à Aphrodite.

— Pourquoi ? avait demandé Wynstan.

— Parce qu'ils sont symbole de pureté. Pour les Grecs, la déesse de l'Amour n'était pas une matrone aux nombreuses mamelles, mais une jeune vierge sortant de l'onde.

Mr Vanderfeld s'était tu un moment pour admirer la statue. Elle avait la tête tournée vers la droite et, même s'il ne restait rien de ses traits, on les imaginait facilement.

Ce petit nez droit, ces grands yeux innocents, ces lèvres finement dessinées.

— En un sens, avait-il repris, les Grecs ont inventé la virginité pour leur déesse. Pour eux, elle était fraîche, pure et pleine de promesses comme chaque jour nouveau. (Voyant que Wynstan l'écoutait attentivement, il avait poursuivi :) Aphrodite était une déesse aux yeux gris, sans tache, et dont tout homme rêvait. Elle apportait à ceux qui l'adoraient tout ce qui est beau et parfait, de sorte que plus jamais ils ne pouvaient se contenter de la médiocrité. (Il avait souri au collégien.) Lorsqu'elle paraissait à l'assemblée des immortels, les dieux restaient muets d'admiration, et Homère raconte que chacun désirait secrètement la prendre pour épouse et l'emmener dans sa demeure.

Tout ce que son grand-père avait raconté à Wynstan lui revenait maintenant, et il se dit, en montant l'escalier de pierre, que lorsqu'il serait vieux, c'était ici qu'il viendrait finir ses jours.

Mais en attendant, bien qu'il consacrât une si grande partie de sa vie à la recherche de l'amour, il n'avait pas encore trouvé de femme que son grand-père eût pu comparer à Aphrodite.

Celles qu'il avait aimées et dont il s'était fait aimer en retour n'avaient jamais su satisfaire cet idéal secret que son grand-père avait fait naître en son cœur d'adolescent ce jour, il y avait bien longtemps déjà, où il lui avait parlé de l'amour.

Il s'entichait d'une femme après l'autre, il se laissait troubler et charmer par elles; mais il arrivait toujours un moment où il comprenait qu'il n'avait plus besoin d'elles, qu'elles lui étaient devenues indifférentes.

Elles étaient comme ces papillons qui volettent de fleur en fleur mais qui, au petit matin, n'existent plus et sont remplacés par d'autres, aussi colorés et aussi peu indispensables qu'eux.

Le ciel s'embrasait chaque instant davantage et le soleil couchant brillait d'un éclat si vif, si éblouissant qu'on avait du mal à le fixer.

Gravissant les dernières marches qui conduisaient au temple, Wynstan constata qu'il ne s'était pas trompé en pensant y trouver Larina Milton.

Une femme se tenait devant la balustrade de marbre, le regard tourné vers la mer. Il la distinguait mal ; elle n'était qu'une silhouette, dans l'éclat aveuglant du couchant.

Elle était vêtue de blanc et ses cheveux étaient d'un or très pâle, mais le ciel, en s'y reflétant, y allumait de minuscules langues de feu.

Elle avait dû l'entendre arriver, car au moment même où il posait le pied sur le sol de mosaïque du temple, elle se tourna vers lui et, pendant un instant merveilleux, il ne put en croire ses yeux : devant lui, auréolée de lumière, se tenait Aphrodite !

Larina avait été déçue de ne pas trouver Elvin à son arrivée à la villa Arcadia, mais le trajet depuis Naples et la beauté incroyable de la grande demeure l'avaient plongée dans l'extase.

L'homme d'un certain âge mandaté par Mr Donaldson pour l'accompagner tout au long de son voyage était, comme il le lui avait dit lui-même, un ancien instituteur. Il lui avait donné maints détails sur l'histoire de chacun des endroits qu'ils traversaient.

Toutefois, il était clair que Venise le passionnait plus qu'aucune autre ville d'Italie et Larina avait eu du mal à le cantonner aux sujets qui la captivaient alors qu'il brûlait de lui conter la splendeur de Saint-Marc et la tragédie du déclin vénitien.

Néanmoins, il lui avait appris de nombreux mythes et légendes de l'Italie du Sud et, au terme de leur voyage, elle le vit repartir à regret.

— Devez-vous vraiment rentrer si vite ? demanda-t-elle, tout étonnée.

— Je suis attendu à Londres, miss Milton.

— Dans ce cas, il ne me reste qu'à vous remercier de m'avoir rendu ce voyage si agréable.

— Le plus grand plaisir a été pour moi, croyez-le bien. Il ne m'est pas arrivé souvent d'escorter une dame aussi passionnée par l'Antiquité et à l'esprit aussi avide de connaissances !

— Je constate déjà que la villa est d'une beauté à vous couper le souffle !

Il lui dit qu'on s'était efforcé, en la restaurant, de la reconstituer telle qu'elle était à l'époque romaine.

— Mr... heu !... Farren s'est donné beaucoup de mal et a fait appel aux conseils d'archéologues pour reconstituer chaque pièce, du sol au plafond.

Il avait hésité en prononçant le nom de Mr Farren. Ce n'était pas la première fois, et Larina se demanda pourquoi tout le monde semblait buter sur le « Farren ».

« C'est peut-être parce que cela commence par un

F. Il se peut que certaines personnes aient du mal à prononcer les F, comme d'autres les " ch ". »

Elle trouvait curieux, malgré tout, que Mr Donaldson et son mandataire eussent le même défaut de prononciation.

Mais elle était bien trop émerveillée par la villa et son jardin pour s'interroger plus longuement.

Le jardin, en particulier, était différent de tout ce qu'elle avait pu voir ou imaginer.

Dans ce décor, il était beaucoup plus facile de se représenter Apollon et elle avait vraiment hâte de parler de lui à Elvin.

Elle était sûre qu'il en saurait plus qu'elle sur " celui qui illumine tout ", " l'ami de Zeus ", " le maître de la musique et du chant ".

Les Grecs ne pouvaient rien avoir créé de plus magnifique que ce dieu qui arrachait les ténèbres de l'âme humaine pour y répandre la lumière divine.

Le soir de son arrivée à la villa, elle monta au temple, sur le conseil du majordome, admirer le coucher de soleil.

Devant sa splendeur, elle croyait presque voir Apollon dans la lumière éblouissante qui changeait la mer en or et embrasait le rivage et la montagne.

Et tandis que le soleil cédait peu à peu la place à la nuit, elle perçut au firmament un scintillement étrange, une vibration mystérieuse, un bruissement d'ailes argentées et le roulement d'un char d'argent.

« Voilà les signes qui annonçaient aux Grecs le passage d'Apollon », se dit-elle, et elle eut, à cet instant, la certitude qu'il était près d'elle.

Elle n'éprouva pas l'extase de ce jour où, près de la Serpentine, elle avait eu la révélation de la vie universelle. Cette fois, c'était quelque chose d'extérieur à elle, quelque chose de si parfait, de si extraordinaire qu'elle aurait voulu le saisir et le garder toujours.

Lorsque vint la nuit, Apollon disparut, mais elle continua à ne penser qu'à lui.

Le lendemain, elle ne se sentit pas seule. Les domestiques italiens aimables et souriants, qui la regardaient tendrement de leurs bons yeux noirs, prirent soin d'elle et s'efforcèrent, chacun à sa façon, de lui rendre la vie agréable.

Elle avait l'impression, en se promenant dans le jardin, qu'une musique étrange l'accompagnait ; elle n'entendait pas que le bourdonnement des abeilles et le chant des oiseaux, mais comme une mélodie céleste dans l'air.

Ce soir-là, elle ne cessa de rêver à Apollon.

Elle avait trouvé à la villa des livres sur les mythes et légendes de l'Antiquité dans lesquels on parlait de lui.

Mais ce n'étaient jamais que des mots, alors qu'il lui suffisait d'aller dans le jardin pour sentir sa présence, qui éclipsait tout le reste.

Puis elle crut percevoir ce silence particulier de l'attente, comme si un mystère devait bientôt être révélé.

Tandis qu'elle se promenait seule, ces vers traduits de Pindare, qu'elle avait lus dans un des livres, lui revinrent à la mémoire :

Celui qui vient d'obtenir une victoire,
En sa grande félicité, vole plein d'espoir,
Porté par les ailes de ses exploits.

« Seul Apollon volait », se dit-elle.

Elle avait l'impression de pouvoir lui parler tandis que la brise légère venue de la mer soufflait dans ses cheveux et caressait doucement sa joue.

Ne voulant pas manquer un seul instant du coucher de soleil et de l'apparition des premières étoiles, elle se changea tôt pour le dîner. Elle mit sa robe blanche, ayant porté la rose la veille.

Inconsciemment, elle drapa la longue écharpe de mousseline sur une épaule à la façon des Grecs, puis elle monta jusqu'au temple et attendit, comme on attend le lever du rideau au théâtre.

Le coucher de soleil était encore plus beau que la veille : l'or était lumineux, le pourpre plus rutilant et le bleu plus vif ; dans toute sa splendeur, le couchant flamboyait comme l'avait fait toute l'île de Délos, disait la légende, lorsque la déesse Léto avait donné naissance à son fils Apollon.

Larina était plongée dans le ravissement, et la musique qu'elle avait entendue toute la journée résonnait à ses oreilles.

C'est alors que, percevant un bruit de pas derrière elle, elle se retourna.

Encore aveuglée par le soleil couchant, elle distingua pourtant un homme, debout dans l'ombre du temple. Et comme un dernier rayon venait éclairer son visage, elle crut, avec un battement de cœur, que c'était Apollon !

Durant un long moment, ce fut le silence absolu... non pas un silence oppressant, mais comme si la nature s'était immobilisée et que la terre eût cessé de tourner.

Puis, d'une voix qu'il ne reconnut pas, Wynstan demanda :

— Vous êtes miss Milton ?

Il vit que Larina avait de la difficulté à lui répondre. Elle ne put que bredouiller :

— Oui... Et... vous ?

Se rapprochant d'elle, il comprit pourquoi il l'avait prise, un instant, pour Aphrodite.

Elle était très mince et de la même taille, en fait, que la déesse debout sur son socle à côté d'eux. L'écharpe posée sur son épaule et sa longue robe souple étaient drapées à l'antique.

Ce n'était pas du tout à la mode, mais cela lui allait si parfaitement qu'on ne l'imaginait pas vêtue autrement.

Lorsqu'il fut près d'elle, il vit que les yeux qu'elle levait vers les siens étaient gris et que ses cheveux d'or pâle, d'où avaient maintenant disparu les langues de feu, auréolaient un visage à l'ovale pur.

Elle était différente de toutes les autres femmes. Et il la trouvait parfaite, sans très bien s'expliquer pourquoi, sinon qu'elle était en totale harmonie avec le temple, le jardin et le soleil qui sombrait dans la mer.

— Je suis le frère d'Elvin : Wynstan.

— Elvin est ici ? demanda-t-elle aussitôt d'une voix plus vive.

— Non, pas encore. Je suis son avant-garde, si j'ose dire. (Il y eut un silence, comme s'ils ne savaient que dire. Puis Wynstan reprit :) J'espère que vous ne vous êtes pas trop ennuyée, toute seule. On m'a dit que vous étiez ici depuis deux jours.

— Je ne me suis pas sentie seule du tout. Cet endroit est si beau ! C'est un véritable enchantement.

— C'est ce que j'ai toujours pensé. Quand j'étais jeune, je passais mes vacances ici avec mon grand-père.

— Je ne comprends pas pourquoi Elvin ne m'en a jamais parlé.

— Je ne suis pas sûr qu'il y soit venu.

— Mais pourquoi ?

— Même enfant, il était toujours malade, et notre mère craignait que le voyage ne soit trop éprouvant pour lui.

— Quel dommage ! Cet endroit lui aurait tellement plu ! Et moi qui comptais sur lui pour m'apprendre tant de choses que j'ignore !

— Je pourrai peut-être répondre à vos questions à sa place ? proposa Wynstan.

— Ce ne sont pas vraiment des questions... (Comme si elle craignait d'en avoir trop dit, Larina s'empressa de détourner la conversation :) Vous arrivez d'Amérique ?

— Oui.

— Et Elvin se porte assez bien pour voyager ? Je n'en croyais pas mes oreilles, quand Mr Donaldson m'a dit qu'il voulait que je le retrouve ici.

— Vous n'étiez pas sûre qu'il viendrait ?

Il ne comprenait pas. Elle lui avait demandé bien clairement dans son télégramme de venir comme il le lui avait promis. Alors pourquoi s'étonnait-elle qu'il eût accepté ?

— C'est en Suisse, que vous avez connu Elvin ? reprit-il au bout d'un moment.

— Oui, nous avons fait connaissance au sanatorium.

— Vous y étiez en tant que patiente ?

— Non, j'accompagnais ma mère.

— J'espère qu'elle va mieux ?

— Elle est morte.

— Pardonnez-moi, je suis désolé. C'était après le départ d'Elvin ?

— Oui, deux semaines plus tard.

— Cela a dû être très pénible pour vous, mais vous vous y attendiez peut-être ?

— Non, je croyais vraiment qu'elle guérirait : on parlait tant des guérisons que le Dr Heinrich avait obtenues dans des cas graves...

— En effet, j'en ai entendu parler.

— Et si Elvin va mieux, comme il me l'a écrit après son retour à New York, c'est certainement grâce au Dr Heinrich.

— Oui, certainement.

Le soleil avait finalement disparu à l'horizon. C'était l'heure du crépuscule, bleu pâle et pourpre, où les premières étoiles scintillent faiblement, pour briller ensuite avec plus d'éclat au fur et à mesure que vient la nuit.

Larina se tourna vers la mer et Wynstan remarqua son petit nez droit qui se profilait sur le ciel.

Encore une fois, il se demanda si elle était bien réelle. Il y avait en elle quelque chose d'immatériel, d'éthéré, qui lui faisait penser à Aphrodite telle qu'il la voyait dans ses rêves d'adolescent.

Le regardant à nouveau, elle lui dit :

— Vous voulez sans doute rentrer à la villa. Ce sera bientôt l'heure du dîner, et le voyage a dû vous fatiguer.

Elle lui donnait l'impression, tout en parlant, d'avoir l'esprit ailleurs. Ils se dirigèrent, sur le dallage de marbre, vers l'escalier qui conduisait au jardin.

— Faites attention ! dit Wynstan. L'escalier est très raide, et l'on risque de glisser.

Il faisait tout de même encore assez clair pour voir où l'on mettait les pieds.

En bas, les azalées ne se reconnaissaient plus qu'à leur parfum, et les cyprès s'élançaient en flèches sombres vers le ciel.

La robe blanche de Larina luisait dans l'obscurité. Elle avançait sans hésiter, comme guidée par son instinct, et d'un pas si léger que Wynstan, derrière elle, croyait la voir marcher sans toucher le sol.

Une lumière chaude et dorée les accueillit lorsqu'ils pénétrèrent dans le vestibule de marbre de la villa.

— Si vous voulez bien m'excuser un instant, dit poliment Wynstan, je dois aller me changer. Je n'en ai pas pour longtemps.

— J'attendrai dans le salon, répondit Larina.

Elle suivit le corridor jusqu'au grand salon dont les fenêtres carrées donnaient d'un côté sur le golfe, de l'autre sur le jardin.

Il était plein de meubles somptueux qu'elle ne se lassait pas d'admirer depuis son arrivée. Elle sentait qu'on les avait choisis moins pour leur valeur que pour la beauté de leurs lignes en harmonie avec le reste de la villa.

Ce n'étaient pas des antiquités de l'époque romaine, bien sûr, mais ils étaient d'une beauté classique qui avait survécu d'âge en âge, indépendamment des modes passagères.

Des arums, disposés dans des urnes de pierre, embaumaient la pièce, et elle était ornée de fragments de statues grecques et romaines qu'on avait dû trouver sur place.

Il y avait aussi une tête, de gladiateur, apparemment ; un vase cassé, mais aux proportions si exquises qu'il devait être unique en son genre ; des amphores et des plats accrochés aux murs ; et une main d'enfant en marbre qui avait résisté à l'usure du temps, des siècles après que son modèle eut atteint l'âge d'homme et fut mort de vieillesse.

Tous ces objets étaient fascinants à regarder, mais, pour la première fois depuis son arrivée à la villa, Larina ne prêta aucune attention au décor. Elle pensait à l'homme qui devait en être le copropriétaire.

Mr Donaldson avait dit que la villa appartenait à la famille, donc à Elvin, à ses trois frères, à sa sœur et à sa mère.

Il était vraiment curieux qu'ils y viennent si rarement et qu'Elvin n'ait jamais vu cette demeure splendide qui, pourtant, l'aurait certainement enchanté.

Comment ne se serait-il pas senti partie intégrante de la vie qui vibrait dans ce jardin merveilleux ? Ou de la mer et du ciel, plus bleus et plus translucides que tout ce qu'elle avait jamais imaginé ?

Puis, comme si toutes ses pensées n'avaient fait que tendre dans cette direction, elle se mit à songer au frère d'Elvin et à cet instant incroyable où, en le voyant, elle l'avait pris pour Apollon.

Avec les derniers rayons du soleil couchant sur son visage, il était l'image même qu'elle s'était toujours faite de ce dieu.

Il n'était pas seulement beau ; il donnait une impression de force. Avec ses traits burinés, ses yeux enfoncés et ses cheveux blonds rejetés en arrière et surmontant un front carré, il aurait pu servir de modèle pour toutes les statues d'Apollon qu'elle avait vues dans ses livres.

Quand ils étaient arrivés dans le vestibule, elle s'était dit, en le regardant mieux, qu'il ressemblait à Elvin... ou plutôt, puisqu'il était l'aîné, qu'Elvin lui ressemblait.

Mais Elvin était maigre, émacié par la maladie, alors que lui resplendissait de santé et de vigueur.

« Je ne pensais pas qu'un homme pût être aussi beau ! » songea-t-elle.

Tandis qu'il s'avançait vers elle dans le temple, elle avait éprouvé une envie presque irrésistible de s'agenouiller à ses pieds, de l'adorer comme les Grecs avaient adoré le dieu de la Lumière.

Elle allait avoir du mal à s'adresser à lui d'une

manière naturelle, à lui parler du voyage, à échanger avec lui des banalités.

Il est vrai qu'il trouverait assez étrange qu'elle se mît plutôt à l'interroger sur sa vie dans l'Olympe ou sur la façon dont il gouvernait le monde par le seul pouvoir de sa beauté. « Il me prendrait pour une folle ! » songea-t-elle, avec un petit sourire.

Oui, elle allait vraiment devoir faire très attention à ce qu'elle lui dirait.

5

Wynstan descendit prendre son petit déjeuner dans la salle à manger, où se trouvaient de très belles plaques ornées de têtes d'empereurs romains que l'on avait trouvées dans les fondations de la villa.

Les domestiques s'empressèrent de lui apporter du café et un plat chaud à la manière américaine, mais, en regardant le soleil au-dehors, il se félicita de ne pas être à New York.

Il se demanda comment les choses allaient pour Harvey et se souvint alors que l'élection avait eu lieu la veille.

Il imaginait les foules, l'agitation, le bruit, la violence, le chagrin et la cruelle déception du candidat malheureux.

Il ne partageait pas l'optimisme de Harvey et

avait très nettement l'impression que Theodore Roosevelt serait réélu.

Il avait des ennemis, certes, mais il représentait la stabilité et c'était ce que recherchaient le plus les Américains, en ce moment.

En tout cas, si Harvey était battu, il ne pourrait mettre cela sur le compte de Larina et des ennuis qu'elle lui aurait causés.

Wynstan la voyait d'ailleurs mal causant des ennuis à qui que ce soit.

Pendant le dîner, la veille au soir, il avait compris à quel point, et pourquoi elle était différente de toutes les femmes qu'il avait connues.

Cela ne tenait pas uniquement à sa beauté, qui ne cessait d'évoquer pour lui la statue d'Aphrodite, mais à son comportement lorsqu'elle était seule avec lui.

Il s'était rendu compte, en descendant la rejoindre dans le salon après s'être changé pour le dîner, que c'était une jeune fille d'excellente famille et qu'on lui avait donc fait une insulte en lui demandant de venir à la villa sans chaperon.

Mais Harvey était tellement persuadé que ce n'était qu'une aventurière, une jeune effrontée qui n'avait jeté son dévolu sur Elvin que pour profiter de son argent, que, pas un instant, la pensée qu'elle était peut-être très différente de ce portrait n'avait effleuré l'esprit de Wynstan.

Il trouvait tout de même très étonnant qu'elle eût accepté l'invitation d'Elvin. Elle aurait pu refuser de faire le voyage escortée seulement par un de leurs agents ou insister pour se faire accompagner par un chaperon.

Ce qu'il ignorait, c'était qu'au moment où il était monté se changer, Larina s'était fait la même réflexion.

L'idée de se faire chaperonner ne lui était même jamais venue, tant qu'il ne s'agissait que de retrouver Elvin à la villa.

Elle avait hâte de le revoir, elle éprouvait une grande affection pour lui ; mais jamais elle ne l'avait considéré comme un de ces hommes dont sa mère lui avait dit de se méfier ou en compagnie desquels elle savait devoir être toujours chaperonnée.

En revanche, même si elle voyait en lui un dieu, Wynstan n'en était pas moins un homme et d'une vérité troublante. Lorsque, vingt minutes plus tard, il était entré dans le salon en tenue de soirée, elle s'était avoué que jamais elle n'avait vu d'homme plus élégant ni plus séduisant.

« Je ne devrais pas rester seule avec lui. Maman serait scandalisée ! » avait-elle songé.

Mais peut-être Wynstan, qui était américain, ne se rendait-il pas compte qu'elle bravait les convenances.

« D'ailleurs, quelle importance, maintenant ? » s'était-elle dit aussitôt.

Ils avaient fait un repas succulent, car, Larina l'avait déjà découvert, le chef cuisinier était remarquable et préparait des mets si nouveaux pour elle et si parfumés qu'on les savourait à l'avance.

Lorsqu'elle était seule, avant l'arrivée de Wynstan, elle parlait avec le maître d'hôtel, qui, tout en surveillant le service des valets, lui expliquait la composition de chacun des plats, heureux de voir qu'elle les appréciait.

Elle avait ainsi appris que Naples était réputé pour ses spaghetti, accommodés de toutes sortes de façons, et que les *maccheroni alla napoletana* étaient des pâtes servies avec du fromage râpé et une sauce à base de petites tomates rondes du pays.

Mais ce qu'elle préférait à tout le reste, c'était le délicieux poisson frais. Le majordome italien lui avait recommandé d'aller faire un tour dans les marchés aux poissons, où elle verrait toutes les variétés possibles et imaginables, depuis le petit anchois bleu argenté jusqu'à la pieuvre géante.

Le chef préparait la *triglia* (le rouget) à merveille, ainsi que la *spigola* (le loup), que l'on ne pêchait qu'en Méditerranée.

Pour le petit déjeuner, on avait apporté à Wynstan du *tonno* (du thon) grillé et décoré avec des langoustines.

Il venait de se servir dans un plat en argent lorsque Larina entra par la porte-fenêtre qui donnait sur le jardin.

Elle portait une des robes de mousseline légère achetées chez Paul Poiret, du vert tendre des premiers bourgeons, et ses cheveux avaient la couleur du soleil pâle du matin.

— Vous êtes bien matinale ! s'exclama Wynstan en se levant.

— Il y a longtemps que je suis levée, répondit-elle de sa voix musicale. Je... ne voulais rien manquer.

Elle avait dit cela d'une drôle de façon et il la regarda d'un air songeur.

Elle s'assit en face de lui, sur la chaise qu'avait avancée un valet. Il se souvint de la longue conversation qu'ils avaient eue la veille.

C'était bien la première fois qu'une femme l'écoutait ainsi, buvant ses paroles comme celles d'un oracle, sans chercher à détourner l'attention sur elle-même.

Après les déploiements de charme d'Yvette Glencairn, qui ne pouvait pas dire « bonsoir » sans équivoque, les yeux gris de Larina fixés sur lui avaient encouragé une éloquence qu'il ne se connaissait pas.

Ils avaient parlé, évidemment, de la villa, des Grecs qui, les premiers, avaient bâti des constructions sur son emplacement, et des Romains qui leur avaient succédé.

Il lui avait raconté que son grand-père avait découvert ce site tout à fait par hasard, en cherchant un endroit où se retirer ; que dès lors, il n'avait plus eu qu'une idée en tête : reconstruire sur les vieilles fondations ; et que tous les spécialistes d'Italie étaient venus à Sorrente l'aider de leurs conseils.

Larina l'écoutait sans un mot, fascinée.

Mais lorsqu'il lui avait dit que son grand-père avait parcouru tout le pays à la recherche de meubles, de tableaux et de statues pour décorer la maison et le jardin, elle s'était exclamée, comme si cette pensée lui venait à l'esprit pour la première fois :

125

— Tout cela a dû coûter très cher !

Sa réflexion l'avait arrêté dans son élan aussi sûrement que si elle lui avait claqué une porte au nez !

« C'est donc vrai qu'elle pense à l'argent ! » s'était-il dit.

Dans son enthousiasme sur ce sujet qui l'intéressait, il avait un peu trop laissé entendre que, dans la famille, on ne regardait pas à la dépense.

Harvey se serait bien moqué de sa stupidité. Pour essayer de rattraper sa maladresse, il avait répondu :

— La main-d'œuvre est très bon marché, en Italie. Et, naturellement, cela coûterait beaucoup plus cher aujourd'hui qu'à l'époque.

— Oui, bien sûr. Je pensais surtout qu'il était heureux que votre grand-père, grâce à ses patientes recherches, ait pu acheter tant de trésors de l'Antiquité qui, sinon, auraient peut-être été perdus, ou même volontairement détruits par ceux pour qui ils ne représentent rien.

Avec un sourire ironique, il lui avait répondu :

— Nous, en tout cas, nous les apprécions à leur juste valeur, et nous sommes plusieurs à nous partager la maison et le terrain.

Il avait vu, cependant, qu'elle ne l'écoutait pas et suivait le fil de ses idées.

— J'ai toujours rêvé de posséder une sculpture grecque, avait-elle avoué. Un jour, à Londres, j'ai vu dans une vitrine un pied en marbre dont j'étais sûre qu'il était grec, mais son prix était trop élevé pour moi.

— Nous pourrons peut-être vous dénicher quelque chose pendant que vous êtes ici. Dans les petits villages perdus ou les quartiers pauvres de Naples, on trouve souvent des trésors dont les propriétaires ignorent totalement la valeur.

Il avait cru remarquer une brève lueur dans son regard. Mais, mystérieusement, elle avait répondu :

— C'est trop tard, maintenant.

Ils avaient continué à parler après le dîner, et ce n'est qu'en entendant l'horloge sonner minuit que Larina s'était rendu compte qu'elle abusait de la gentillesse de Wynstan :

— Vous devez être fatigué ! s'était-elle écriée d'un air consterné. Vous avez voyagé pendant plusieurs jours, et j'aurais dû vous proposer d'aller vous coucher tôt.

Wynstan n'avait rien répondu. Il était fatigué non par le voyage, mais par ses deux nuits à Paris.

A vrai dire, depuis qu'il connaissait Larina, il avait honte de s'être laissé retarder par son goût pour les plaisirs et de l'avoir ainsi laissée à la villa sans autre compagnie que celle des domestiques.

Elle n'avait pas l'air de s'en formaliser, mais il était certain que la plupart des femmes de sa connaissance se seraient offusquées qu'on les traitât de manière aussi cavalière, même si, en réalité, elles n'avaient pas éprouvé le moindre ennui.

Il est vrai que Larina semblait faire déjà partie de la villa.

— Pensez-vous qu'Elvin arrivera aujourd'hui ? demanda-t-elle.

— Peut-être, répondit prudemment Wynstan. Êtes-vous si pressée de le voir ?

— Oui, il faut que je le voie... Il faut que je le voie très vite !

Il la regarda, étonné de la façon dont elle avait dit cela. Sans même finir son petit déjeuner, elle se leva de table et alla se mettre à la fenêtre.

« Harvey a raison, elle doit être enceinte », se dit Wynstan.

Pourtant, à en juger par la finesse de sa taille et la minceur de la silhouette qui se découpait dans l'embrasure de la porte-fenêtre, c'était peu probable.

Ce n'était pas seulement sa minceur qui le rendait perplexe, d'ailleurs ; quelque chose dans son regard, dans l'expression de son visage, lui disait qu'elle ne pouvait être que pure et innocente.

« Je suis idiot de me fier aux apparences ! » se dit-il, en achevant son petit déjeuner.

Il avait peine à croire qu'avec son expérience des femmes, il pût se laisser duper par quelqu'un d'aussi jeune et d'aussi simple que Larina. Mais, dans son for intérieur, il sentait bien qu'elle était telle qu'elle lui apparaissait.

Il devinait en elle une pureté, une innocence qui, une fois de plus, lui rappelaient Aphrodite.

Pourtant, il fallait voir les choses en face : le fait qu'Elvin ne fût pas encore arrivé la mettait, indubitablement, dans un état d'agitation extrême.

Comment Wynstan aurait-il pu savoir que Larina, le regard perdu dans le jardin, songeait qu'il ne lui restait plus que deux jours à vivre.

Le temps avait passé si vite, depuis que Mr Donaldson était venu la voir à Londres! L'excitation du voyage, l'enchantement dans lequel l'avait plongée la villa depuis son arrivée, lui avaient presque fait oublier que sa dernière heure approchait.

On était le 13. Il restait demain, et puis...

Elle inspira profondément.

Elle se demandait comment sir John avait pu faire un pronostic aussi précis, mais il avait parlé avec une telle assurance et une telle gravité qu'elle ne pouvait mettre en doute sa compétence.

Elle sentit la peur lui glacer le cœur.

Et s'il cessait de battre à l'instant même, tandis qu'elle admirait l'éclat des fleurs et des papillons qui voletaient autour?

Mais il lui restait deux jours, en plus de la journée qui commençait, pour profiter de toutes ces merveilles et il ne fallait pas laisser la peur détruire ce bonheur éphémère.

Avec un effort de volonté, elle revint s'asseoir à table.

— Si Elvin a dit qu'il viendrait..., je sais qu'il tiendra sa promesse, dit-elle, plus pour elle-même que pour Wynstan.

— Que vous a-t-il promis? demanda celui-ci, d'un ton qui se voulait léger.

Elle hésita un instant avant de répondre :

— Qu'il viendrait... si j'avais besoin de lui.

— Et pourquoi tenez-vous tellement à le voir?

Wynstan avait posé la question sans la regarder, très occupé, apparemment, à beurrer un toast.

Il y eut un long silence, puis Larina répondit :

— J'ai... quelque chose... à lui dire.

— Ne voulez-vous pas m'en parler ? Si vous avez une difficulté quelconque, je peux certainement vous aider.

— Non... Non ! s'écria-t-elle. (Comme il la regardait d'un air étonné, elle ajouta :) Lui seul... peut comprendre. C'est pourquoi... je tiens tellement à le voir.

Wynstan se dit qu'il était inutile d'insister pour le moment. Et qu'il serait peut-être cruel de le faire.

Elle avait l'air si jeune — on aurait presque dit une enfant, à certains égards — qu'il ne pouvait la rudoyer comme l'aurait fait Harvey. Au contraire, il était certain que par la douceur, il saurait l'amener, tôt ou tard, à lui confier son secret.

Sur un autre ton, il lui demanda :

— Voulez-vous descendre avec moi jusqu'à l'appontement voir mon petit yacht à moteur ?

— Un yacht à moteur ? Je n'en ai jamais vu !

— Pourtant, cela existe ! répondit-il en souriant. Et j'ai fait construire celui-ci spécialement pour moi. (Voyant que cela l'intéressait, il poursuivit :) Le capitaine William Newman, qui, il y a deux ans, a traversé l'Atlantique d'ouest en est à bord d'un yacht à moteur du nom original d'*Abiel, Abbot Low*, est un ami.

— Je n'en ai jamais entendu parler.

— Les Américains se sont peut-être davantage passionnés pour son exploit que les Anglais. C'était un événement mémorable, en tout cas, étant donné que le yacht était équipé d'un moteur à pétrole de quinze chevaux à peine.

— Et vous avez un bateau comme celui-là ?

— Pas si gros. Le mien est beaucoup plus petit, en fait. Voulez-vous que nous descendions le voir ?

— Oh oui ! Pouvez-vous attendre un instant que j'aille chercher mon chapeau ?

— Bien sûr.

Tout excitée, elle partit en courant.

Wynstan la suivit des yeux, l'air perplexe.

Sans doute était-ce par manque d'habitude des jeunes filles qu'il avait du mal à la comprendre.

Il n'avait eu de liaisons qu'avec des femmes plus âgées, des femmes du monde d'une grande expérience, très sûres d'elles et de leur charme.

Il se rendait compte que Larina manquait d'assurance et trouvait charmante cette façon qu'elle avait de le regarder pour voir si elle avait dit ou fait quelque chose de mal. Quelle enfant !

Pourtant, leur conversation de la veille lui avait appris que non seulement elle lisait beaucoup, mais qu'elle était douée d'une grande intelligence.

Il aurait pu s'attendre à une conversation frivole et banale avec quelqu'un d'aussi jeune ; ou alors, à une coquetterie plus ou moins provocante, simplement parce que c'était une femme et qu'il était un homme.

Bien au contraire, il s'était aperçu que ce n'était pas lui qui l'intéressait avant tout, sinon dans la mesure où il avait quelque chose à lui apprendre, mais la mythologie, dont ils avaient beaucoup parlé, et tous ces dieux et déesses qui semblaient être tellement plus réels, pour elle, que les humains.

Pourtant, tandis qu'elle revenait maintenant vers

lui en courant, un grand chapeau de paille à la main, elle avait le regard brillant d'impatience d'un enfant à qui l'on a promis une surprise.

Wynstan la conduisit, par le jardin, à l'escalier étroit que son grand-père avait fait creuser dans le rocher.

Tandis qu'ils descendaient, Larina découvrit au-dessous d'eux une petite crique fermée en partie par une jetée.

Il y avait un appontement, auquel était amarré le bateau.

Il était plus petit qu'elle ne l'avait imaginé : pour elle, tout ce qui était équipé d'un moteur était forcément énorme. Lorsqu'ils furent en bas, Wynstan l'examina avec satisfaction.

Larina remarqua l'avant long et pointu, qui devait abriter le moteur.

La barre était au centre du bateau et, derrière, se trouvait une petite cabine équipée d'une table et de deux banquettes garnies de coussins, assez grandes pour servir, en cas de besoin, de couchettes, lui dit Wynstan.

— C'est un « Napier Minor », si cela vous intéresse, et le fabricant est persuadé que ce modèle sera le vainqueur de la première course à travers la Manche qui doit avoir lieu cette année.

— Il a l'air trop petit pour traverser la Manche.

— Il est facile à manœuvrer.

— Vous allez le conduire vous-même ? demanda Larina, tout étonnée.

— J'en ai fermement l'intention. J'aime monter mes chevaux de course moi-même, piloter mes automobiles moi-même et conduire mon train moi-même.

Larina se mit à rire.

— Je suppose que tous les petits garçons rêvent de conduire un train.

Ce qu'elle ignorait, c'était que les Vanderfeld possédaient bel et bien leur propre train et que Wynstan le conduisait souvent.

S'apercevant qu'il s'était de nouveau montré maladroit, il attira aussitôt son attention sur le bateau et lui expliqua que la coque était en bois de cyprès sec et la charpente, en chêne clair.

— Et il a un moteur à pétrole? demanda-t-elle, espérant ne pas dire une sottise.

— Oui, comme celui qui a fait la traversée de l'Atlantique.

— Pouvons-nous faire un tour en mer?

— C'est exactement ce que j'allais vous proposer. Où aimeriez-vous aller? A Pompéi?

Larina rougit de plaisir.

— C'est possible?

— Mais oui, pourquoi pas? Et nous irons beaucoup plus vite que par la route. (En souriant, Wynstan ajouta :) J'ai l'impression que, comme tous les touristes, vous ne voudriez pas quitter l'Italie sans avoir vu Pompéi. Alors autant joindre l'utile à l'agréable.

— J'aurais pensé que conduire le bateau et visiter Pompéi étaient tous deux agréables.

— Je dois l'essayer avant de le payer.

— Papa disait toujours qu'il était stupide de

payer quelque chose avant de s'être bien assuré que c'était exactement ce que l'on voulait.

— Il faut croire que votre père était un homme sensé.

Wynstan avait pris place à la barre, après avoir mis le moteur en marche et largué les amarres. Larina resta debout à côté de lui tandis qu'il manœuvrait lentement le bateau jusqu'au milieu de la crique, puis, une fois dépassée la jetée, le lançait vers le large.

— Oh ! que c'est excitant ! s'exclama-t-elle. Jamais je n'aurais cru que je monterais un jour dans un bateau à moteur. Quelle vitesse peut-il atteindre ?

En disant cela, elle songea que c'était encore une invention que son père aurait désapprouvée, à cause de la vitesse.

Lui se serait certainement contenté de ramer jusqu'à quelques centaines de mètres des falaises et de faire demi-tour. Alors qu'ils étaient maintenant en pleine mer, et que Larina découvrait ainsi le golfe de Naples sous un angle nouveau.

Les maisons blanches le long de la côte, les hameaux perchés sur les collines, les clochers, les coteaux couverts de vignobles étaient un véritable enchantement pour les yeux.

Et, dominant le paysage, se dressait le Vésuve, menaçant malgré le soleil dont il était baigné.

De son cône sortait un petit panache de fumée et, comme elle le regardait d'un air inquiet, Wynstan, lisant dans ses pensées, lui demanda :

— Craignez-vous de voir se reproduire le terrible cataclysme de 79 ?

— J'ai appris tout cela dans les livres, mais c'est bien autre chose de voir l'endroit où cela s'est réellement passé.

Elle se fit la même réflexion lorsque, une heure plus tard, ils accostèrent dans le port de Torre Annunziata.

Ils grimpèrent jusqu'à la petite place, où ils prirent un fiacre jusqu'à Pompéi.

A l'entrée des fouilles, Wynstan écarta, d'un geste de la main, les guides qui s'étaient aussitôt précipités vers eux.

— Je suis si souvent venu ici quand j'étais jeune ! Je veux voir si ma mémoire est bonne, suffisamment au moins pour vous intéresser.

— Je veux tout voir ! s'écria Larina.

Son enthousiasme fit rire Wynstan.

Ils avancèrent jusqu'au forum où, au milieu des fragments de colonnes, il lui raconta que Pompéi était jadis un centre industriel et commercial prospère.

Elle s'était rangée du côté des villes italiques contre les Romains et avait soutenu un siège de neuf ans. Mais dès que ses habitants, incapables de résister plus longtemps, avaient ouvert les portes de la ville, une colonie de vétérans romains s'y était installée et, assez rapidement, Pompéi avait été romanisée.

— Vous dites que c'était un centre industriel ? Qu'est-ce qu'on y fabriquait ?

— Cela peut paraître drôle aujourd'hui, mais une

des principales exportations des Pompéiens était une sorte particulière de sauce au poisson. Ils avaient aussi un commerce de vin florissant. Et plus tard, bien sûr, la ville est devenue, comme Herculanum, un lieu de villégiature pour les riches Romains.

Ils continuèrent leur promenade, admirant au passage les temples situés près du forum et l'édifice d'Eumachia et arrivèrent devant les quartiers des gladiateurs.

— On a retrouvé ici les restes de soixante-trois personnes — entre autres, une femme dont les magnifiques bijoux donnent à penser qu'elle rendait visite à son amant.

— Cela a vraiment dû être terrifiant ! murmura Larina.

— La terre tremblait depuis quelque temps déjà. Le 22 août, les secousses cessèrent ; le ciel était bleu et sans nuage, mais il y avait dans l'air un silence étrange, inquiétant.

Larina eut un frisson en imaginant ces gens se livrant à leurs occupations quotidiennes, inconscients du danger qui les menaçait.

— Le matin du 24 août, poursuivit Wynstan, il faisait une chaleur torride, le ciel était d'un bleu pur, et les craintes s'étaient apaisées. (Il promena son regard sur l'amphithéâtre où ils se trouvaient maintenant, assez grand pour accueillir vingt mille spectateurs.) Tout le monde s'apprêtait à déjeuner lorsqu'il y eut un violent tremblement de terre, suivi de ce qui ressemblait à un coup de tonnerre fracassant. (Il leva les yeux.) Les gens s'arrêtèrent net et tous les regards se tournèrent aussitôt vers le Vésuve. Le sommet de la montagne avait littéralement éclaté et crachait un torrent de feu.

Larina jeta un coup d'œil inquiet à la mince colonne de fumée qui montait vers le ciel.

Le récit de Wynstan était si vivant qu'elle s'attendait presque à la voir, d'un instant à l'autre, se transformer en colonne de feu.

— Une gigantesque nuée, semblable à un champignon, se forma. Puis il y eut une série d'explosions, qui projetaient très haut dans le ciel d'énormes rochers. (Wynstan se tut un instant avant de continuer :) Tout à coup, une trombe d'eau s'abattit sur la ville ; se mêlant aux scories, aux fragments de pierre ponce et aux cendres que projetait le volcan, la pluie diluvienne transforma en un instant les rues en fleuves de boue qui entraînaient tout sur leur passage. Les oiseaux venaient s'écraser à terre. En quelques minutes, le soleil disparut et le jour resplendissant fit place à la nuit la plus noire. (Wynstan se tourna vers le golfe.) Les flots s'étaient déchaînés, et des vagues énormes, dans un mouvement précipité de flux et de reflux, montaient à l'assaut des rochers.

— Qu'ont fait les gens ? demanda Larina.

— Je suppose qu'ils ont commencé à s'enfuir en courant et en poussant des hurlements. Il y avait vingt mille habitants, mais on sait que plus de deux mille ont péri sous la pluie de pierres et dans les torrents fumants de lave et la boue de cendres qui, avec une rapidité stupéfiante, ont enseveli la ville.

— C'est atroce de penser que les gens n'ont pas eu le temps de s'échapper, s'écria Larina.

— Je suppose que beaucoup d'autres sont morts, en plus de ceux que les archéologues ont trouvés dans Pompéi même.

— C'était peut-être... une façon rapide de mourir, dit Larina à mi-voix. Une fois passés les premiers moments de terreur..., ils n'ont plus dû se rendre compte de rien.

— Moi, je trouve que c'est une mort horrible, déclara fermement Wynstan. Quand mon heure viendra, je veux, comme les Grecs, mourir au soleil.

— Oh ! oui, moi aussi !

Il y avait dans la voix de Larina une telle passion que Wynstan la regarda fixement.

— Quelle drôle de fille vous êtes ! lui dit-il avec douceur. Cela vous a réellement secouée. Je croyais que vous aimiez fouiller dans le passé.

— C'est différent... quand il s'agit d'édifices, de temples, de statues de dieux... qui sont immortels. Mais ceux-là, c'étaient des gens ordinaires, qui ne savaient pas qu'ils allaient mourir. Alors, cela me donne l'impression d'être indiscrète, de venir ainsi examiner avec curiosité l'endroit où ils sont morts.

— Quand on meurt, est-ce que le lieu ou la façon importent vraiment ?

— Je ne sais pas... Mais... c'est affreux d'imaginer ces gens hurlant... luttant pour ne pas mourir !

Il y avait dans sa voix et dans ses yeux une horreur si sincère que Wynstan, la prenant par le bras, lui dit :

— Allons ! pensons à des choses plus gaies ! Cela

s'est passé il y a très longtemps, et vous et moi avons encore toute une vie devant nous. Venez voir le temple de Jupiter, et dites-moi si vous arrivez à l'imaginer rempli de spectateurs ; car c'est là que se donnaient les spectacles, avant que l'amphithéâtre ne soit construit.

Il sentit qu'elle faisait un effort pour lui répondre.

— D'après ce que j'ai lu des spectacles romains, je ne dirais pas qu'ils étaient particulièrement à leur place dans un temple.

Wynstan se mit à rire.

— C'est vrai ! Mais les Romains étaient un peuple très positif, sans grande imagination, et ils se sont fait une religion à leur mesure.

— J'ai essayé, pendant mon voyage jusqu'ici, de penser aux Romains. Mais je me suis rendu compte que les Grecs m'intéressaient infiniment plus... Et surtout l'un d'eux, le bel Apollon, ajouta-t-elle pour elle-même.

— Je suis exactement comme vous. Les Romains n'éprouvaient pas ce besoin mystique d'adorer et de vénérer en leurs dieux des pouvoirs surhumains. Pourtant, il faut reconnaître que Jupiter ne manquait pas de majesté.

— Moi je trouve qu'il était cruel. Son rôle était d'avertir les hommes, de les punir, et c'est pour cela qu'il possédait la foudre à trois dards.

— Les Romains étaient un peuple belliqueux et cruel. Jupiter était un dieu guerrier qui exigeait qu'on lui obéisse.

Larina ne répondit pas. Quittant le temple de Jupiter, ils se promenèrent dans les rues étroites, jadis grouillantes de monde, qui ne contenaient plus que les carcasses vides des édifices.

Ils virent encore la maison du cithariste, puis s'acheminèrent tranquillement vers la sortie.

— Je pense à ce que vous avez dit des Romains, reprit Larina : qu'ils étaient cruels. Cela s'explique, je crois, par le fait qu'ils ne vénéraient pas la beauté et que leurs déesses ne ressemblaient en rien à celles des Grecs.

— C'est vrai ! Ils étaient cruels même envers leurs vestales. Elles faisaient vœu de chasteté, et si elles faillissaient, on les punissait en les fouettant jusqu'à ce que mort s'ensuive.

— Oh ! non ! ne put s'empêcher de s'exclamer Larina.

— Par la suite, on avait modifié le châtiment : on les fouettait, puis on les enterrait vivantes dans une tombe que l'on murait ensuite, après y avoir déposé des vivres pour quelques jours.

— Je comprends pourquoi les Romains étaient tellement craints !

— Mais ne vous inquiétez pas trop pour les vestales, dit Wynstan en souriant. Au cours de onze siècles, vingt seulement ont été infidèles à leurs vœux et ont subi ce sort. En revanche, dès que l'une d'elles laissait s'éteindre le feu sacré, on la fouettait.

— Parlons plutôt de nos beaux dieux grecs, le supplia Larina, qui, selon Homère, « goûtaient un bonheur qui durait aussi longtemps que leur vie éternelle » !

— Il faut vraiment qu'un jour vous alliez en Grèce ! lui dit-il.

Il vit alors son visage se fermer, sans en comprendre la raison.

Peut-être songeait-elle qu'elle n'avait pas les moyens de s'offrir le voyage; et pourtant, non... il sentait qu'il y avait plus que cela.

Elle ne répondit rien et il ne voulut pas insister.

Ils regagnèrent Torre Annunziata en voiture, mais au lieu de retourner au bateau, Wynstan conduisit Larina à un petit restaurant près du port.

Ils choisirent une table à la terrasse ensoleillée et un serveur accourut aussitôt.

— Qu'aimeriez-vous manger? demanda Wynstan.

— Soyez gentil, choisissez pour moi.

Comme *antipasto*, il commanda du jambon fumé et des figues fraîches. Ils choisirent ensuite une *zuppa di pesce*, la fameuse soupe de poissons de l'Italie du Sud, qui était, expliqua Wynstan, une sorte de bouillabaisse dont les ingrédients variaient selon la saison.

Puis on leur servit de l'*abbacchio al forno*, une spécialité romaine, c'est-à-dire de l'agneau de lait parfumé au romarin et à l'ail, et rôti au four.

— Non, vraiment, je n'ai plus faim! protesta Larina quand on voulut lui faire goûter d'autres spécialités napolitaines.

Mais le serveur insista pour qu'elle terminât son déjeuner par une pêche au vin blanc, et elle fut obligée de prendre aussi du café, car, lui dit Wynstan, le café napolitain était le meilleur du monde.

Ils arrosèrent leur repas d'un vin du pays, mais

Larina fut déçue que ce ne soit pas du *Vesuvino*, le vin des coteaux du Vésuve.

— Non, ce vin n'est plus ce qu'il était, lui expliqua Wynstan ; pas plus d'ailleurs que le *Falerno*, que l'on produit encore dans les champs Phlégréens. C'étaient des vins réputés dans l'Antiquité mais j'en arrive à croire que le goût des Anciens était très différent du mien. (En remplissant son verre, il lui dit :) Ceci, c'est de l'*Epomea*, un vin de l'île d'Ischia.

Larina le trouva délicieux. D'un jaune vif, on aurait dit qu'il avait capté un peu du soleil qui les entourait.

Après le déjeuner, ils restèrent longtemps assis à bavarder. Finalement, ils regagnèrent le bateau et prirent le chemin du retour.

— Demain, je vous emmènerai à Ischia, dit Wynstan. C'est une de mes îles préférées. Et une autre fois, il faudra que nous allions à Capri, bien sûr.

— Oh ! oui, ce serait merveilleux ! répondit Larina.

Mais elle se demanda si elle verrait jamais Capri. Elle avait l'impression d'être dans un train qui l'emportait toujours plus vite, sans qu'elle pût rien faire pour l'arrêter.

« Je ne dois pas penser à ce qui m'attend, se dit-elle. Je dois vivre intensément chaque instant, chaque seconde. Je dois profiter au maximum du peu de temps qu'il me reste. »

Elle sentait la peur la gagner peu à peu, et lorsque, à son retour à la villa, elle apprit qu'Elvin n'était toujours pas arrivé, elle eut un moment de panique et dut faire un effort immense pour se dominer.

Wynstan avait fait preuve avec elle de tant de gentillesse qu'elle songea un instant à lui dire la vérité. Mais elle se rendit compte qu'Elvin était le seul à qui elle pût parler de la mort qui la guettait.

Lui seul comprendrait. Tandis que Wynstan lui témoignerait de la commisération ; ou bien il déclarerait que c'était impossible et essaierait de lui donner un faux espoir, ce qui serait encore pire.

Elle préférait regarder les choses en face et se préparer à ce qui l'attendait.

La veille, avant de s'endormir, elle avait prié longtemps, implorant Dieu non pas de la laisser vivre, mais de lui donner du courage.

« Une chrétienne ne doit pas avoir peur de la mort », se dit-elle avec sévérité.

Mais comme il était difficile de rester logique en sentant approcher l'échéance !

Elle croyait voir voleter autour d'elle, comme des oiseaux de mauvais augure, toutes les évocations macabres qui l'avaient toujours effrayée, comme les squelettes de crânes, les ornements funéraires des cérémonies, les voiles noirs et les crêpes que la famille portait pour afficher son chagrin.

Elle songea alors que personne ne la pleurerait ou ne porterait son deuil.

Peut-être mourrait-elle au soleil, comme souhaitait le faire Wynstan. Ce serait vraiment la façon parfaite de laisser « son âme prendre son essor ».

Et si Elvin était auprès d'elle pour lui tenir la main, elle n'aurait pas peur.

Elle imaginerait qu'elle s'envolait dans l'azur du ciel vers Apollon, qui la prendrait dans ses bras. La peur cesserait en même temps que la vie.

— A quoi pensez-vous ? lui demanda soudain Wynstan, l'arrachant à sa rêverie.

Ils étaient assis sur la terrasse devant la villa. Un valet leur avait servi des rafraîchissements, et les fleurs exhalaient un parfum entêtant.

— Je pensais... à la mort, répondit-elle franchement.

— Pompéi vous a vraiment secouée. Allons ! n'y pensez plus ! Vous verrez demain comme l'île d'Ischia est belle. Elle a aussi son volcan, mais il n'est jamais entré en éruption. Elle est couverte de vignobles en abondance, d'olivaies, de pinèdes, et ses châtaigniers sont magnifiques. Nous nous arrêterons dans une petite auberge pour déguster le délicieux vin de l'île tout en bavardant.

— Oui..., ce sera très agréable, dit Larina.

Mais Wynstan voyait bien que la tristesse voilait encore ses yeux gris. Se penchant vers elle, il lui demanda, de cette voix qui envoûtait toutes les femmes :

— Vous ne voulez pas me dire ce qui vous tourmente ?

Larina hocha la tête.

— Non... j'attends Elvin.

— Et si, en fin de compte, Elvin ne venait pas ? (Il la vit tressaillir et, choisissant soigneusement ses mots, il ajouta :) Il est peut-être tombé malade en chemin. Cela représente un très long voyage, pour lui, et c'était peut-être au-dessus de ses forces.

— Oui, je sais ; moi aussi, j'y ai pensé. Mais dans le télégramme qu'il a envoyé à Mr Donaldson, il disait qu'il me rejoindrait ici sans faute.

— Et vous étiez contente ?

— C'était mon plus cher désir : être auprès d'Elvin en ce moment.

— Pourquoi en ce moment plus particulièrement ? (Elle ne répondit pas et, au bout d'un moment, il lui demanda de nouveau :) Je vous ai posé une question, Larina. Pourquoi en ce moment ?

Après un silence, elle répondit enfin :

— J'ai dit cela ? Je voulais dire... simplement être ici avec lui. (Il savait qu'elle ne lui disait pas toute la vérité. Tout à coup, d'une voix frémissante d'inquiétude, elle s'exclama :) Il faut absolument qu'il vienne ! S'il avait eu un empêchement quelconque, il aurait envoyé un télégramme. Nous le saurions déjà. Il faut qu'il arrive demain !

Elle semblait si troublée, si désespérée, que Wynstan la regarda, perplexe.

Même si elle attendait un enfant d'Elvin, pourquoi était-il si urgent qu'elle le voie ?

Si elle voulait se faire épouser, elle avait encore bien le temps, avant la naissance de l'enfant.

Et si elle n'était pas enceinte, qu'est-ce qui pouvait bien l'inquiéter à ce point ?

Voyant qu'elle était au bord des larmes, il lui dit, d'une voix apaisante :

— Nous aurons peut-être des nouvelles d'Elvin demain. Mais pour l'instant, nous ne pouvons rien faire d'autre que d'attendre.

— Oui, vous avez raison, dit Larina en faisant un

effort pour se dominer. Je suis stupide. C'est simplement que... j'ai tellement hâte de le voir... Je pensais que vous comprendriez.

Non, il ne comprenait pas ; mais il garda sa réflexion pour lui.

Il aurait dû insister davantage, sans doute, pour la faire parler des lettres d'Elvin et, surtout, pour lui arracher ce secret qu'elle ne voulait révéler qu'à son frère.

Mais il ne pouvait se décider à faire disparaître d'un coup, volontairement, tout bonheur de son visage, et à lui voir prendre cette expression qu'il n'arrivait pas bien à définir mais qui lui semblait proche de la terreur.

Ils se mirent à parler tranquillement de choses et d'autres et, peu à peu, elle recouvra son calme. Quand ils montèrent tous deux se changer pour le dîner, elle était à nouveau très gaie.

Le dîner fut, comme toujours, délicieux. Ils venaient de passer au salon et Wynstan cherchait, pour les montrer à Larina, les photos des ruines sur lesquelles son grand-père avait entrepris de restaurer la villa.

C'est alors qu'on entendit, au-dehors, le bruit d'un attelage.

Wynstan alla regarder par la fenêtre qui donnait en façade, et vit qu'un grand coupé s'était arrêté devant la maison. Plusieurs personnes en descendaient, dont une femme en robe du soir.

— Qui est-ce ? demanda Larina. Se pourrait-il que ce soit Elvin ?

— Non, ce sont des amis. Il vaudrait peut-être

mieux qu'ils ne vous trouvent pas ici ; nous pourrions difficilement expliquer l'absence de votre chaperon.

— Oui, vous avez raison ! fit-elle, très vite. Je vais monter.

Comme elle disait cela, Wynstan s'aperçut que le valet avait déjà fait entrer les visiteurs.

Il n'avait pas donné d'ordres particuliers et les Italiens, naturellement hospitaliers, conduisaient au salon toute personne qui se présentait à la porte.

— Non, on vous verrait ! lui dit-il. Passez par la terrasse. Je vais me débarrasser d'eux rapidement.

Sans un mot, Larina courut à la porte-fenêtre et sortit.

Les étoiles avaient maintenant fait leur apparition, la lune s'élevait dans le ciel, et la nuit était claire.

Il lui suffisait de suivre la terrasse pour rentrer dans la villa par une autre porte, mais elle s'arrêta, hésitante.

Puis elle courut vers l'escalier qui montait au temple.

Dès qu'elle fut sortie de la zone de lumière de la maison, elle s'arrêta de nouveau et, quittant l'escalier, elle se faufila parmi les azalées. Elle s'assit par terre, de sorte que les arbustes la dissimulaient entièrement.

Entre les branches, elle pouvait voir la terrasse, vivement éclairée par la lumière du salon, et elle se demanda si elle apercevrait les visiteurs.

Elle était curieuse, très curieuse de les voir.

Du salon, Wynstan entendit se rapprocher le bruit de voix le long du corridor. La première personne à pénétrer dans la pièce fut la comtesse Spinello, qu'il avait connue à Rome et avait retrouvée, l'année précédente, à Monte-Carlo.

Elle était brune, vive, très jolie, et les diamants qui ornaient son cou et ses oreilles la faisaient briller de mille feux tandis qu'elle se précipitait vers Wynstan et levait son visage vers le sien.

— Wynstan ! C'est donc bien vrai ! s'exclama-t-elle en anglais, avec son accent charmant. J'avais entendu dire que vous étiez ici, mais je n'osais pas y croire !

— Quel plaisir de vous revoir, Nicole ! Mais qui vous a dit que j'étais ici ?

— Vous pensez bien qu'on raconte dans tout Sorrente que les Vanderfeld ont rouvert leur villa après tant d'années. Et qu'un Vanderfeld *molto bello* est arrivé ! Qui cela pouvait-il être, sinon vous ?

— Evidemment ! répondit Wynstan avec un sourire amusé.

Il tendit la main au frère de la comtesse, qui, ainsi que deux autres hommes, l'avait suivie dans la pièce.

— Comment allez-vous, Antonio ? Enchanté de vous revoir !

— J'espérais de tout cœur que vous seriez ici comme on le prétendait. Quand nous avons acheté une villa à l'autre bout de Sorrente, il y a trois ans, on nous a dit que les Vanderfeld ne mettaient jamais les pieds dans un quartier aussi populaire.

— Ce ne peut être qu'un quartier chic, puisque vous y habitez, répondit Wynstan.

— Vous voyez ce que je vous disais ? Il a toujours le mot pour plaire ! s'exclama la comtesse en se tournant vers ses amis, italiens tous deux, qui attendaient d'être présentés. (Wynstan leur serra la main.) Il faut que vous nous rendiez visite au plus vite, Wynstan, reprit la comtesse. Pouvez-vous venir dîner demain soir ? Chuck arrive de Rome. Vous vous souvenez de Chuck ? Vous étiez à l'université ensemble.

— Chuck Kennedy ? Oui, bien sûr ! Mais je ne sais pas encore si je pourrai venir dîner.

— Soit demain, soit après-demain, insista la comtesse. Je ne tolérerai pas de refus. Je veux absolument que vous voyiez notre merveilleuse villa... encore qu'elle soit loin d'égaler la vôtre, bien entendu !

— Et votre yacht à moteur, Antonio, vous en êtes content ? On vient de me livrer mon nouveau « Napler Minor ».

— Qu'est-ce qu'il donne ?

— Je l'ai essayé aujourd'hui et il a l'air parfait.

— Cessez donc de parler de bateaux, vous deux, et intéressez-vous plutôt à moi ! ordonna la comtesse. Wynstan est l'amour de ma vie et je ne peux pas supporter qu'il me préfère la mécanique.

— Vous dirai-je que vous êtes plus ravissante que jamais ? C'est sans doute cela que vous voulez entendre ?

— Mais bien sûr ! répondit-elle avec un sourire enjôleur. Personne ne sait dire les choses aussi galamment que vous et, bien que vous ne soyez pas sincère, on a envie de vous croire.

— Et pourquoi ne serais-je pas sincère ?

— Parce qu'il y a dans votre sourire et dans vos yeux un petit air moqueur qui dément vos paroles. Néanmoins, je crois ce que je veux croire, puisque cela me fait plaisir !

— Voilà une excellente philosophie ! fit remarquer l'un des deux Italiens. Je voudrais bien pouvoir en faire autant !

— Essayez ! lui dit la comtesse. (Lui décochant une œillade par-dessus son épaule, elle sortit sur la terrasse.) Ah ! ce jardin ! s'extasia-t-elle. Nous avons une douzaine de jardiniers qui se donnent beaucoup de mal pour en créer un autour de notre villa, mais jamais il ne sera aussi beau que celui-ci.

Wynstan la suivit. Larina les distinguait maintenant tous deux, dans la lumière qui venait du salon.

Elle vit que la femme portait une robe à la dernière mode et que des bijoux scintillaient à son cou et à ses poignets, et elle fut forcée de remarquer de quelle façon aguichante elle tournait son visage vers celui de Wynstan.

Après s'être assurée, d'un coup d'œil, que son frère et ses deux amis ne les suivaient pas, la comtesse glissa son bras sous celui de Wynstan et l'entraîna sur la terrasse, loin de la fenêtre ouverte, se rapprochant ainsi de l'endroit où était cachée Larina.

— Vous m'avez manqué, Wynstan, fit-elle d'une voix douce. J'espérais vous voir à Rome cet hiver. Comme vous n'êtes pas venu, j'ai ensuite prié pour que nous nous retrouvions à Monte-Carlo; mais là encore, vous m'avez déçue.

— Il faut me pardonner. Mais j'étais allé faire un tour aux Indes et, à vrai dire, je suis rentré en Amérique il y a un peu plus d'une semaine à peine.

— Et ensuite, vous êtes venu ici. Pourquoi ?

— Oh! j'avais une affaire à régler... répondit Wynstan évasivement. Et maintenant qu'on a rouvert la villa, je regrette de ne pas y être venu plus tôt.

— Vous reviendrez... En tout cas, vous êtes ici maintenant, et je veux vous voir souvent.

— Votre mari est avec vous ?

— Non, il est à Florence. C'est cela qui est merveilleux !

Elle leva son visage vers celui de Wynstan, et Larina, qui observait la scène, comprit qu'elle quêtait un baiser.

Assise au milieu des azalées, elle était fascinée par ce qui se passait au-dessous d'elle.

Elle n'aurait jamais cru qu'il pût exister un aussi beau couple : Wynstan avec sa large carrure et ses hanches étroites, comme le dieu auquel il ressemblait ; et la comtesse avec ses cheveux de jais qui bouffaient sur son front.

Ses yeux noirs brillaient et Larina remarqua ses longs doigts effilés lorsque, posant la main sur l'épaule de Wynstan, elle se serra contre lui.

Il jeta un coup d'œil vers la fenêtre du salon.

— Il faut rentrer, dit-il.

— Pourquoi ? demanda la comtesse. Antonio sait que j'ai envie d'être avec vous. Je vous aime,

Wynstan. Je n'ai jamais oublié le bonheur que nous avons connu ensemble. Et vous ?

— Bien sûr que non.

— Vous vous êtes lassé de moi. Y a-t-il une autre femme ?... C'est une question idiote, je sais ! (D'un ton rageur, elle poursuivit :) Il y a toujours une autre femme avec vous ! Toujours, toujours ! Et pourtant, je croyais que vous me reviendriez, que cet amour aurait compté pour vous autant que pour moi.

— Vous êtes très belle et très séduisante, Nicole, mais vous ne me ferez pas croire qu'il n'y a pas eu une foule d'autres hommes pour me remplacer.

— Il y en a eu des dizaines ! fit la comtesse d'un ton léger. Mais ce n'était pas pareil ; aucun ne m'excitait autant que vous.

— Vous me flattez ! répondit Wynstan en riant.

Comme si elle en avait assez de parler, la comtesse lui glissa les bras autour du cou et attira son visage tout contre le sien.

Alors il l'embrassa, longuement.

Puis, avec fermeté, passant un bras autour de ses épaules, il la ramena vers le salon et ils rentrèrent par la porte-fenêtre.

Larina s'aperçut qu'elle retenait son souffle.

C'était la première fois qu'elle voyait des gens s'embrasser passionnément. Jamais auparavant elle n'avait vu un homme tenir une femme si tendrement enlacée.

Cela éveillait en elle une sensation curieuse, qu'elle ne s'expliquait pas.

Pourtant, quelque chose dans la façon dont Wynstan avait penché la tête, dont ses lèvres étaient venues se poser sur celles de la comtesse, dont leurs corps s'étaient rapprochés, lui avait fait sentir la gravité de cet instant.

Mais la comtesse était mariée !

Larina songea alors que c'était chose courante, chez les gens du monde. C'était du moins ce qu'elle avait lu, et elle avait entendu parler des aventures amoureuses du roi Edouard VII et des mœurs légères des habitués de Marlborough House.

Seulement c'était une chose de lire ou d'entendre dire tout cela et une autre de le voir de ses propres yeux et, surtout, de voir Wynstan, avec qui elle avait passé la journée, embrasser une femme aussi jolie et aussi séduisante que celle qui, un instant plus tôt, était avec lui sur la terrasse.

Mais après tout, ce n'était pas son affaire !

— Jamais personne ne m'embrassera de cette façon ! murmura-t-elle avec désespoir.

6

Larina attendit un moment avant de sortir des massifs d'azalées et de redescendre vers la maison.

Elle traversa la terrasse en courant et rentra dans la villa par une porte donnant sur un corridor où un autre escalier conduisait au premier étage.

Le grimpant à toute vitesse, elle courut s'enfermer dans sa chambre.

Pour la première fois depuis son arrivée, elle n'ouvrit pas les rideaux pour regarder les lumières de Naples dans le lointain ni celles qui brillaient tout autour du golfe partout où se trouvait un village de pêcheurs ou une maison isolée.

Elle se déshabilla et se mit au lit aussitôt.

Tous les soirs depuis qu'elle était à la villa, elle éprouvait le même ravissement devant le confort et le luxe de sa chambre.

Non seulement la vue que l'on avait du balcon, le jour, était magnifique, mais jamais elle n'avait vu de chambre aussi somptueuse.

Dans la salle de bains attenante, il y avait une piscine, comme au temps des Romains.

Elle savait que c'était très américain d'avoir une salle de bains à côté de chaque chambre principale. Mais, allongée dans une piscine de marbre, dont les mosaïques colorées étaient sans doute la réplique de celles de la villa originale, elle se sentait transportée des siècles en arrière.

Elle imaginait qu'elle était l'épouse d'un sénateur romain, ou sa fille, et que, dehors, l'attendaient tout le faste et tout l'éclat dont s'entouraient les Romains partout où ils se trouvaient.

Mais ce soir-là, elle n'avait qu'une envie, c'était de se glisser dans son lit, d'éteindre la lumière et d'essayer de s'endormir le plus vite possible.

Elle voulait revoir Wynstan, elle avait terriblement envie de parler de nouveau avec lui, de se retrouver seule avec lui comme avant l'arrivée de la belle Italienne aux diamants scintillants.

Mais elle n'aurait pas supporté de le rencontrer

alors qu'il venait d'embrasser la jolie Nicole et pensait sans doute encore à elle.

Elle ne comprenait pas ce qui se passait en elle mais l'émotion étrange qu'elle avait ressentie en voyant Wynstan embrasser Nicole s'était changée en une douleur vive, si intense, en fait, qu'elle se demanda un instant si elle n'allait pas mourir.

A cette pensée, elle eut envie de descendre en courant se jeter dans les bras de Wynstan et lui demander de la serrer très fort contre lui.

Comment lui faire comprendre qu'elle avait besoin de sa force, qu'il devait lui donner du courage ?

Mais elle songea qu'il n'éprouverait que du mépris devant sa lâcheté.

Il avait ri de la voir si secouée, l'après-midi, à Pompéi. Il n'avait pas compris qu'en imaginant la mort des Pompéiens, suffoqués par l'épais nuage noir de cendres et de poussière qui s'était abattu sur eux, elle avait eu peur que sa propre mort ne ressemblât à la leur.

Et si elle devait connaître cette sensation horrible : étouffer, suffoquer, tandis que la vie la quittait ? Ou se sentir impuissante, terrifiée, et n'avoir personne vers qui se tourner ?

Comment parler de ses craintes à Wynstan ? Elle avait l'impression que la présence à ses côtés d'une personne sur le point de mourir ne pourrait que l'ennuyer, voire le dégoûter.

Il n'en irait pas de même avec Elvin. La pensée de la mort lui était devenue si familière qu'il comprendrait. Il saurait lui faire croire réellement que la mort était sans importance : qu'elle n'était que la délivrance de l'âme et qu'une fois libéré de son corps, on était beaucoup plus heureux.

— Je veux y croire... Oh ! oui, je veux y croire ! murmura-t-elle dans l'obscurité.

Mais elle trouvait difficile de concentrer ses pensées sur la mort alors que, sans cesse, elle revoyait Wynstan embrassant Nicole, ses bras passés autour d'elle, son visage penché vers le sien.

« Je pourrais peut-être lui demander de m'embrasser une fois avant que je ne meure ? »

En serait-il seulement étonné ou franchement choqué ?

Elle avait toujours cru qu'une femme ne demandait pas à un homme de l'embrasser ; pourtant, Nicole avait glissé ses bras autour du cou de Wynstan et attiré son visage contre le sien.

Qu'avait-elle éprouvé ? Etait-ce, se demanda Larina, une sorte d'ivresse qu'elle-même ne connaissait pas ?

Elle était au lit depuis longtemps déjà lorsqu'elle entendit, au-dehors, un bruit de voix, puis une voiture qui s'éloignait.

Ils étaient partis ! Il n'était pas très tard, et Wynstan s'attendrait peut-être à la voir revenir au salon.

Mais elle ne voulait pas le revoir, pas ce soir, où ses lèvres étaient encore chaudes du baiser de Nicole.

Elle tendit l'oreille. On n'entendait pas un bruit dans la villa. Elle se demanda où était Wynstan.

Peut-être était-il parti avec ses amis pour passer le reste de la soirée avec eux?

Elle était allongée dans le noir, tendue, l'esprit confus, en proie à des sentiments qui, si elle les comprenait mal, n'en étaient pas moins intenses, lorsqu'elle entendit approcher le pas de Wynstan dans le corridor.

Sa chambre était de l'autre côté de la maison; c'était donc bien elle qu'il venait voir.

Elle retint son souffle.

On frappa à la porte.

— Qui est là? demanda-t-elle, tout en sachant fort bien qui c'était.

— Tout va bien, Larina?

— Oui... très bien!

— Dans ce cas, dormez bien. Bonne nuit!

— Bonne nuit!

Elle avait parlé d'une voix si faible qu'il avait à peine dû la comprendre.

En l'entendant s'éloigner, elle fondit en larmes. Elle n'avait pas pleuré depuis la mort de sa mère. Elle n'avait pas versé une larme depuis qu'on lui avait annoncé qu'elle allait mourir à son tour.

Elle se mit alors à s'attendrir sur elle-même, parce que sa vie s'achevait et qu'elle ne connaîtrait jamais l'amour.

Elle pleura tellement que son oreiller en était trempé. Elle songeait, seule dans le noir, que tout le monde l'avait abandonnée: Elvin, Wynstan... et Apollon.

Wynstan était persuadé que Larina était montée dans sa chambre comme elle l'avait dit.

Malgré tout, il n'avait aucune envie de s'attarder dans le jardin avec Nicole.

Ils avaient eu à Rome, l'année précédente, une liaison folle, passionnée, orageuse. Mais avant même de quitter la ville, il s'était déjà rendu compte qu'il ne brûlait plus pour elle de la même ardeur et qu'une fois de plus, il commençait à en avoir assez de l'aventure.

Il n'avait jamais compris pourquoi, tout à coup, il se lassait des femmes qui lui avaient pourtant paru si désirables au début.

Leurs petites particularités, que tout d'abord il trouvait charmantes, l'agaçaient à la longue ; il savait ce qu'elles allaient dire avant même qu'elles n'ouvrent la bouche. Dans ses affaires de cœur, il venait toujours un moment où, de poursuivant, il devenait poursuivi.

Nicole n'avait pas fait exception.

Dès qu'elle avait senti tiédir son ardeur pour elle, elle s'était mise à le pourchasser sans trêve et il avait eu de plus en plus de mal à lui échapper, à éviter de se trouver seul avec elle au milieu de cette société romaine si gaie, où l'on allait de réception en réception.

S'il acceptait une invitation chez des amis, Nicole s'arrangeait pour y être et faisait toujours en sorte qu'il fût obligé de la raccompagner.

Il lui était impossible alors d'échapper à ces bras cramponnés à son cou, à ces lèvres gourmandes.

Le comte, qui menait sa propre vie de son côté,

était rarement chez lui. Il préférait passer le plus clair de son temps dans ses autres résidences au nord de l'Italie.

Nicole avait affirmé qu'ils ne restaient ensemble que parce que, étant catholiques, il leur était impossible de divorcer.

Elle était bien la dernière personne que Wynstan se serait attendu à revoir — ou aurait souhaité revoir, d'ailleurs — à Sorrente, et il n'avait nullement l'intention d'accepter ses invitations pressantes ou de la faire venir à la villa.

Rien ne disait, malheureusement, qu'elle ne s'inviterait pas. Que c'était donc assommant, une femme qui n'admettait pas de voir finir une liaison gaie et légère et essayait de la prolonger à tout prix!

Avec un soupir, il se dit qu'il allait devoir se montrer ferme et faire bien comprendre à Nicole qu'il n'avait plus l'intention de subir sa loi.

Dans quelques rares occasions, déjà, il lui avait fallu être brutal. Mais, généralement, les femmes qu'il avait aimées devenaient des amies et il goûtait vivement les amitiés de ce genre, qui parfois, avec le temps, se révélaient très précieuses.

Il savait, cependant, que ce ne serait jamais le cas avec Nicole. Lorsqu'il lui écrirait, le lendemain, pour refuser son invitation à dîner, il lui ferait comprendre une bonne fois que tout était fini entre eux.

Ses pensées le ramenèrent à Larina.

Il s'était montré incorrect en lui demandant de sortir pour que ses amis ne la voient pas; mais il savait que Nicole le présenterait sous son vrai nom, ce qui aurait nécessité ensuite des explications qu'il voulait éviter dans l'immédiat.

Il ne perdait jamais de vue que, selon Harvey, Larina voulait leur soutirer de l'argent.

Certes, elle tenait terriblement à voir Elvin, et, que ce fût pour se faire épouser ou se faire entretenir, mieux valait la laisser ignorer quelle fortune énorme il possédait réellement.

Wynstan n'arrivait pas à s'imaginer Larina comme quelqu'un d'intéressé.

Pourtant, il avait pu déduire de leurs conversations que sa mère et elle avaient vécu pauvrement.

Elle lui avait expliqué qu'elles n'avaient pu séjourner dans le luxueux sanatorium du Dr Heinrich que grâce aux conditions extrêmement avantageuses que celui-ci leur avait consenties en tant que parentes d'un confrère.

Wynstan, qui connaissait bien Londres, savait aussi qu'Eaton Terrace se trouvait dans un quartier très ordinaire.

Quoi qu'il en soit, il n'avait pas la moindre envie de blesser Larina, et il craignait de l'avoir insultée en lui demandant de disparaître dans le jardin et en l'obligeant à demeurer dans sa chambre pendant qu'il recevait ses amis.

Après leur départ, il se demanda si elle n'était pas montée au temple.

Tandis qu'il y grimpait par le chemin de pierres d'un gris presque translucide, la lune répandait sur le jardin sa clarté argentée.

Elle ne donnait pas seulement au monde une beauté étrange, mystique, elle semblait aussi lui apporter le calme et la sérénité, et Wynstan y trouva un message personnel.

Il avait éprouvé la même sérénité aussitôt après la mort d'Elvin.

C'était le matin, et il était seul avec son frère.

Il était allé lui parler dans sa chambre. Au moment où il s'était levé pour sortir, Elvin avait tendu vers lui sa main décharnée.

— Reste près de moi, Wynstan.
— Mais oui, si tu veux.

Wynstan était allé s'asseoir sur le bord de son lit.

— Je veux t'avoir auprès de moi. Tu m'as toujours compris.
— J'ai toujours essayé.

Ses paroles n'avaient aucun sens. Il avait senti, en prenant la main d'Elvin dans la sienne, que son frère était en train de mourir et que plus personne n'y pouvait rien.

Il n'avait pas appelé. Les infirmières étaient dans la pièce à côté, le médecin pouvait être prévenu en quelques minutes. Mais l'intuition dont il faisait toujours preuve vis-à-vis d'Elvin lui disait que c'était inutile.

Ils étaient en étroite communion d'esprit, proches comme ils l'avaient toujours été depuis l'enfance, et lorsque Wynstan avait senti les doigts de son frère se resserrer sur les siens, il avait compris que c'était la fin.

Elvin avait les yeux fermés. Soudain, il les avait ouverts, et Wynstan y avait vu briller une lueur.

— C'est... merveilleux... d'être... libre !... Dis-le à... avait-il commencé.

Puis sa voix s'était éteinte, ses paupières s'étaient fermées doucement et ses doigts avaient relâché leur étreinte.

Wynstan était resté absolument immobile.

Un instant, il avait cru percevoir un léger mouvement dans la pièce, comme un bruissement d'ailes. Puis il n'y avait plus eu qu'un calme serein, et un silence si absolu qu'il croyait entendre battre son propre cœur.

Il n'avait jamais pu parler à personne, pas même à sa mère, de ces derniers instants avec Elvin.

Longtemps, il était resté assis sur le lit à penser à son frère, tout en sachant qu'il n'était plus là et que la dépouille qu'il laissait derrière lui était sans importance.

Il avait dû faire un effort surhumain pour se lever, sachant qu'il lui fallait à nouveau affronter le monde et il était allé prévenir les infirmières que leur malade n'aurait plus besoin de leurs services.

Puis il était parti marcher seul à Central Park.

A son retour, il s'était interdit de pleurer Elvin. Il était impossible à quiconque l'aimait de souhaiter le voir vivre plus longtemps, rongé par la maladie, obligé de lutter sans cesse pour respirer.

De plus, Wynstan savait, même s'il ne pouvait en parler à personne, qu'Elvin n'était pas réellement mort.

En arrivant au temple, il songea combien son frère aurait trouvé beaux le clair de lune et la statue d'Aphrodite.

Elle avait presque l'air vivante, debout sur son socle, les lis à ses pieds, le visage tourné vers la mer.

Il se souvint que, lorsqu'il était monté au temple le soir de son arrivée, il avait trouvé Larina à peu près dans la même pose, la tête tournée aussi vers la mer, sa chevelure illuminée par les langues de feu du soleil couchant.

Il se rappela la sensation étrange qu'il avait éprouvée en la prenant, l'espace d'un instant, pour Aphrodite en personne.

C'était sans doute l'impression de minceur virginale, de pureté qui se dégageait de Larina comme d'Aphrodite qui faisait leur ressemblance.

De plus, lorsque, adolescent, il contemplait la statue, il avait toujours été persuadé qu'Aphrodite avait les yeux gris, un petit nez droit et une bouche bien dessinée, pas sensuelle mais dénotant une grande sensibilité.

— La déesse de l'Amour ! dit-il tout haut, puis, faisant brusquement demi-tour, il redescendit à la villa.

Il alla d'abord au salon, dans l'espoir que, peut-être, Larina y serait revenue en entendant partir ses amis, mais la pièce était vide.

C'est alors qu'il était monté à sa chambre, tenant à s'assurer qu'elle s'y trouvait et que tout allait bien.

Il lui avait semblé qu'elle lui répondait d'une voix tremblotante. Mais c'était sans doute qu'elle était déjà assoupie et qu'il l'avait réveillée.

En se dirigeant vers sa propre chambre, Wynstan se demandait, comme il n'avait cessé de le faire ce jour-là, quel pouvait bien être ce secret que Larina ne voulait confier qu'à Elvin.

Regrettant d'avoir gaspillé tant d'heures précieuses à se retirer si tôt dans sa chambre et à pleurer, Larina se leva au petit matin.

Les premières lueurs de l'aube éclairaient l'horizon lorsqu'elle ouvrit les rideaux de sa chambre et elle décida de monter au temple assister au lever du jour, pour la dernière fois peut-être.

Demain, elle mourrait, et elle ne savait pas si ce serait tôt, le matin, ou tard, le soir. Elle devait donc profiter au maximum de sa journée.

En se regardant dans la glace, elle s'aperçut qu'il fallait effacer la trace des larmes de la nuit précédente, si elle voulait éviter que Wynstan ne lui posât des questions.

Ce matin, plus lucide, elle dut s'avouer que ce qui l'avait surtout fait pleurer, c'était d'avoir vu Wynstan embrasser l'Italienne. Quelle humiliation, s'il allait deviner la cause de son chagrin !

« Je ne pensais pas qu'un homme pût avoir autant de perspicacité », se dit-elle.

Très souvent, quand ils parlaient ensemble, il devinait à l'avance ce qu'elle allait dire ; ou parfois, lorsqu'elle ne savait comment exprimer ses pensées ou ses sentiments, il le faisait pour elle, et jamais il ne se trompait.

Tandis qu'elle finissait de s'habiller, elle se rendit compte que, de tout son être, elle désirait le revoir.

Il leur restait si peu de temps à passer ensemble ! Plus qu'aujourd'hui, et peut-être une partie de demain. Ensuite, elle serait morte, et lui retournerait en Amérique et l'oublierait pour toujours.

Parce qu'elle était pâle, les yeux cernés d'avoir tant pleuré la veille, elle choisit la plus gaie des robes d'été qu'elle avait achetées chez Peter Robinson.

Elle était en mousseline à fines rayures blanches et roses, garnies à l'encolure, aux épaules et au bas des deux volants de la jupe, de broderie anglaise blanche.

Elle la faisait paraître très jeune, semblable à une rose en bouton. Mais Larina n'avait pas de temps à perdre à s'admirer dans la glace.

Elle ramena ses cheveux en arrière en les faisant bouffer autour du visage, à la façon seyante des modèles que dessinait Charles Gibson. Puis elle ouvrit doucement la porte de sa chambre et descendit sur la pointe des pieds, pour ne pas réveiller Wynstan s'il dormait encore.

Elle sortit de la villa et monta jusqu'au temple.

L'aurore se levait à peine, et la statue d'Aphrodite n'avait plus ces reflets d'argent que Wynstan lui avait vus la veille au soir, mais une teinte chaude d'incarnat, dans la lumière rosée du matin.

Appuyée à la balustrade, Larina regarda la mer passer lentement du gris au vert émeraude, et le ciel, du bleu sombre au pourpre.

C'était un spectacle si féerique qu'elle retenait son souffle et eut, un moment, l'impression d'avoir des ailes et de pouvoir s'envoler vers le dieu du Soleil lorsqu'il apparaîtrait à l'horizon.

Elle se prit à réciter ces vers d'un poème de Pindare qu'elle avait lu :

L'homme est le rêve d'une ombre.
Mais quand les dieux dirigent sur lui un rayon,
Un éclat brillant l'environne,
Et son existence est douce.

« La lumière céleste ! » songea-t-elle. Elle aurait voulu tendre les bras vers elle et sentir son étreinte, comme s'il s'agissait en réalité d'un homme, comme si Apollon la prenait dans ses bras.

Apollon ou Wynstan ?

Elle se posa soudain la question et comprit que, pour le moment, il lui était impossible de les distinguer. Ils ne faisaient qu'un et elle voulait qu'il en fût ainsi.

Larina avait presque fini de déjeuner lorsque Wynstan vint la rejoindre.

— Bonjour ! lui dit-il en souriant. Il paraît que vous vous êtes levée à l'aube. Vous me faites honte.

— Vous avez bien dormi ?

— J'ai tout de même une excuse, remarquez : j'ai éteint très tard. J'ai trouvé un livre qui, je crois, vous intéressera. Je vous en parlerai lorsque nous serons à Ischia.

— Allons-nous déjeuner là-bas ?

— C'est ce que j'ai prévu, oui. Mais puisque nous sommes prêts de bonne heure, je pensais que nous pourrions peut-être traverser directement le golfe au lieu de suivre la côte. Vous vouliez savoir à quelle vitesse le bateau pouvait aller, et j'aimerais bien le savoir aussi.

— Tout cela semble très excitant !

Wynstan se tourna vers le valet.

— Le mécanicien a-t-il vérifié le bateau ?

— *Si, signore*, il est en bas en ce moment.

— Bon ! Il faut que je lui parle. (Se levant, il dit à Larina :) Rejoignez-moi quand vous serez prête. Prenez votre temps : j'ai deux ou trois choses à étudier avec mon mécanicien.

Larina monta dans sa chambre prendre son chapeau. Elle se demanda si, étant donné qu'ils allaient en pleine mer, elle aurait besoin d'un manteau. Puis elle se dit qu'il faisait déjà chaud et que la journée s'annonçait torride.

Elle mit son grand chapeau de paille, après avoir remplacé le ruban vert de la veille par un ruban rose, assorti à sa robe. « Le vent va l'emporter, si nous allons très vite, se dit-elle avec bon sens ; mais je peux du moins le mettre pour descendre à l'appontement. »

Elle savait qu'il la flattait et, la veille, quand elle le portait pendant leur visite de Pompéi, elle avait cru lire de l'admiration dans le regard de Wynstan.

Elle songea alors, avec un petit pincement au cœur, qu'il y avait peu de chances pour qu'elle lui plût, étant donné qu'elle était blonde et que la femme qu'il avait embrassée la veille était brune.

« Je suis sûre que les blonds préfèrent les brunes », se dit-elle avec découragement. Puis elle se secoua mentalement.

« Du moins, serai-je seule avec lui tout aujourd'hui. Après cela, que m'importe avec qui il se trouvera ? »

Ne voulant pas perdre de temps, elle courut au jardin.

Les abeilles butinaient déjà parmi les fleurs, les ailes diaprées des papillons étaient plus éclatantes que jamais.

En descendant l'escalier taillé dans la falaise, elle voyait, en bas, Wynstan en conversation avec le mécanicien, et le petit bateau blanc qui dansait sur l'eau.

Quand elle les eut rejoints, Wynstan se tourna vers elle en souriant.

— Tout est fin prêt. Voyons maintenant si nous pouvons battre le record de vitesse! dit-il.

— Est-ce vraiment possible?

— Nous pouvons essayer. Notez bien que si nous disons, en rentrant, que nous avons atteint cent milles à l'heure, personne ne nous croira!

— Je suis sûre que c'est impossible, de toute façon! répondit Larina en riant.

Ils sortirent lentement du petit port et Wynstan mit le cap sur le large.

Il se tenait debout à la barre, et Larina, près de lui, les bras croisés sur la plate-forme avant.

Au bout d'un moment, elle enleva son chapeau et se pencha pour le jeter dans la cabine derrière elle.

— Ne prenez pas de coup de soleil! lui dit-il.
— Pourquoi?
— Parce que les femmes devraient avoir la peau blanche comme le marbre des statues de déesses.
— Je ne crois pas que je rougisse facilement. D'ailleurs, pour le moment, je ne risque rien!

En effet, le soleil, qui s'était levé si glorieusement ce matin-là, avait disparu.

Le ciel était maintenant gris et des nuages sombres s'amoncelaient au nord.

« Ils vont s'en aller », se dit Larina avec espoir.

Il fallait absolument qu'il y ait du soleil, ce jour-là plus que jamais !

Wynstan accélérait l'allure et Larina eut bientôt l'impression qu'ils volaient à la surface de l'eau.

Loin de l'abri des côtes, la mer était agitée, beaucoup plus que la veille. L'avant du bateau lancé à toute vitesse fendait les vagues, qui éclataient en gerbes d'écume.

Larina regarda derrière eux.

Ils étaient maintenant très loin de la côte et elle découvrait, à l'arrière-plan, des montagnes de plus en plus hautes.

Elle distinguait très nettement le Vésuve, avec sa mince colonne de fumée qui s'élevait dans l'air, pareille à un fantôme.

Elle voyait aussi Naples et, juste derrière eux, la petite île de Capri.

Ils avançaient toujours vers le large et, bientôt, elle n'aperçut plus que le profil des montagnes dans le lointain.

C'était grisant de se trouver ainsi en pleine mer et d'avoir presque perdu la terre de vue.

Tout à coup, il y eut une succession de ratés dans le moteur, qui finalement cala.

— Zut ! s'exclama Wynstan.
— Que se passe-t-il.
— Je ne sais pas, je vais voir.

Tout paraissait soudain très silencieux, sans le bruit du moteur, et le bateau commença à danser sur l'eau.

Wynstan enleva le veston léger qu'il portait et, comme l'avait fait Larina pour son chapeau, le jeta dans la cabine derrière lui.

Après avoir retroussé ses manches de chemise, il ouvrit deux panneaux au ras du plancher, qui donnaient accès au moteur.

— Savez-vous ce qui a lâché ? demanda Larina.
— J'en ai bien une idée, mais ce pourrait être une quantité de choses. Je suppose qu'il aurait été plus raisonnable d'emmener le mécanicien.

« Cela aurait tout gâché ! » pensa-t-elle aussitôt.

Elle ne pouvait pas le dire à Wynstan, bien sûr, mais elle trouvait très excitant d'être seule avec un homme.

Cela ne lui était encore jamais arrivé, et elle savait que c'était tout à fait contraire aux usages.

Une jeune fille bien élevée n'aurait jamais envisagé un instant de partir seule avec un homme — et qui plus est, en bateau à moteur, une de ces diaboliques inventions modernes ! — sans même savoir où il l'emmenait.

Larina n'ignorait pas qu'elle aurait scandalisé non seulement sa mère, mais, surtout, leurs relations de l'époque où sa famille vivait à Sussex Gardens.

Elle revoyait les dames qui rendaient visite à sa mère ou celles qui venaient consulter son père.

La salle à manger servait de salle d'attente et Larina jetait parfois un coup d'œil à l'intérieur pour admirer ces élégantes en manteau de zibeline, des plumes d'autruche à leur chapeau, feuilletant les revues qu'une des femmes de chambre posait chaque matin sur la table.

Il flottait dans leur sillage des senteurs raffinées et, lorsqu'elles passaient de la salle à manger au cabinet de consultation de son père, elle entendait le froufrou des jupons de soie qui gonflaient leurs jupes.

Oui, à n'en pas douter, toutes ces femmes jugeraient sa conduite scandaleuse. Mais pourquoi penser à elles, puisqu'elles n'en sauraient jamais rien ?

Wynstan, dont la moitié du corps disparaissait dans le compartiment moteur, reparut pour dire :

— Vous trouverez des papiers dans un tiroir de la cabine. Pourriez-vous me les apporter ? Il devrait y avoir, entre autres, un schéma du bateau.

Larina fit ce qu'il lui demandait.

Lorsqu'elle ressortit de la cabine avec les papiers, elle vit que la houle s'amplifiait d'une façon inquiétante.

Le bateau roulait et tanguait maintenant plus fort et elle était obligée de se cramponner pour ne pas tomber.

Wynstan, assis sur le plancher, étudiait les schémas qu'elle lui avait donnés.

— Puis-je vous aider ? lui demanda-t-elle.

— Seulement si vous connaissez les moteurs à pétrole.

Elle se tourna du côté d'où ils étaient venus.

On ne distinguait même plus les montagnes.

Une brume grise et dense les dissimulait et, en

l'observant mieux, elle comprit que c'était de la pluie.

Quelques secondes plus tard, de grosses gouttes commencèrent à tomber sur ses épaules, mouillant aussi les papiers sur lesquels était penché Wynstan.

— C'est vraiment trop stupide ! s'exclama-t-il avec colère. Et moi qui croyais que les moteurs n'avaient pas de secret pour moi !

Saisissant une clef anglaise, il disparut de nouveau à demi par la petite porte. Seules ses jambes dépassaient, et Larina se dit qu'il allait se faire mouiller par l'averse qui s'annonçait.

Elle se demandait si elle ne ferait pas mieux d'aller se mettre à l'abri dans la cabine lorsqu'un grain creva. En l'espace de quelques secondes, une pluie torrentielle l'avait trempée jusqu'aux os.

De plus, le bateau roulait si dangereusement qu'elle n'osait plus bouger, de peur de tomber et de se blesser.

Elle se dit que la meilleure chose à faire était de s'asseoir à même le plancher. La pluie battante cinglait son visage et ses épaules, couvertes seulement de la fine mousseline de sa robe.

Après un temps qui lui parut interminable, Wynstan sortit enfin du compartiment moteur.

— Je ne trouve rien, dit-il d'un ton rageur. Je pensais que cela venait des pistons, mais je les ai tous vérifiés. (Larina le regarda d'un air impuissant, à travers les gouttes de pluie.) Pourquoi ne vous mettez-vous pas à l'abri dans la cabine ?

— Le roulis est si violent que je n'ose pas bouger.

— Je vais vous aider.

— A quoi bon, maintenant ? Je suis trempée ; alors, un peu plus ou un peu moins...

Wynstan lui sourit.

— Vous avez peur ?

Elle hocha la tête.

— Non, je me félicite seulement de ne pas avoir le mal de mer.

— C'est déjà une bonne chose... peut-être la seule. J'ai l'impression que nous ne sommes pas près de repartir.

Il prit quelques outils et disparut de nouveau dans le compartiment moteur.

Larina attendit sans bouger.

Il ne pleuvait plus aussi fort, mais un vent violent rendait la mer plus houleuse encore.

Le bateau tanguait et roulait dangereusement, et, de temps à autre, une vague venait se briser sur la coque, dans un éclaboussement d'écume.

Il avait bien dû s'écouler deux heures lorsque Wynstan se releva et, cramponné à la rambarde, essaya de remettre le moteur en marche.

Tout d'abord, il ne se passa rien, puis il y eut un crachotement, qui cessa presque aussitôt.

C'était tout de même encourageant et Larina se remit debout à côté de lui.

— Pensez-vous avoir découvert ce qui n'allait pas ? lui demanda-t-elle.

— Je l'espère. C'est un fil qui avait sauté. Je l'ai réparé, mais je ne sais pas s'il tiendra.

Il essaya de nouveau le moteur, qui, cette fois, tourna pendant cinq ou six secondes avant de caler.

Wynstan disparut une fois encore par la petite porte et ressortit dix minutes plus tard.

Cette fois, le moteur se mit à ronfler.

Larina eut l'impression qu'ils retenaient tous deux leur souffle... mais le moteur tournait maintenant régulièrement.

— Vous y êtes arrivé ! Vous y êtes arrivé ! s'écria-t-elle.

Wynstan se tourna vers elle en souriant.

Elle se tenait debout tout près de lui.

Lorsqu'il baissa les yeux sur elle, son sourire s'accentua. Elle était trempée jusqu'aux os, et, dans sa robe de mousseline qui lui collait au corps, autant dire qu'elle était nue.

Ses petits seins pointaient sous la robe légère, qui était plaquée sur ses hanches et ses jambes.

Le vent l'avait décoiffée et ses cheveux mouillés retombaient le long de ses joues presque jusqu'à sa taille, encadrant son petit visage et ses immenses yeux gris.

— On dirait vraiment une des sirènes qui ont tenté Ulysse ! s'exclama Wynstan.

Et, la prenant dans ses bras, il l'embrassa.

Elle eut d'abord l'impression que ses lèvres restaient froides sous son baiser, puis elle sentit en elle comme une décharge électrique, et une joie folle, délirante, l'envahit.

Elle comprit que c'était ce que depuis toujours elle désirait, ce qu'elle avait toujours cherché. Les lèvres de Wynstan se faisaient plus chaudes, son baiser plus appuyé, plus pressant.

Son étreinte, son baiser ne durèrent sans doute

qu'un moment, mais, pour Larina, ce fut comme si le monde entier lui appartenait, comme si une pluie d'étoiles descendait du ciel.

Jamais elle n'aurait cru un tel émerveillement, une telle ivresse possibles. Puis Wynstan relâcha son étreinte et lui dit, d'une voix rauque :

— Je disais bien que vous étiez une sirène, Larina.

Saisissant la barre à deux mains, il fit faire demi-tour au bateau, très lentement.

Larina restait debout à côté de lui sans bouger. Incapable de faire un geste, elle prenait seulement appui sur la plate-forme avant, avec l'impression que son corps venait de naître à la vie.

C'était la même impression, songeait-elle, que lorsqu'elle s'était sentie en harmonie avec les fleurs et avec l'eau.

La même impression, mais plus merveilleuse à bien des égards, une extase plus profonde encore.

— Je vais devoir aller lentement, dit Wynstan, ou nous tomberons de nouveau en panne. J'ai bien peur que le retour ne soit très long.

« C'est sans importance. Plus rien n'a d'importance ! » aurait voulu répondre Larina, mais elle était incapable de dire un mot.

Elle ne pouvait qu'observer Wynstan de profil tandis qu'il regardait droit devant lui, et qu'elle se sentait vibrer encore de l'émerveillement de ce baiser.

Après avoir conduit un moment en silence, il lui demanda :

— A quoi pensez-vous ?

— Je pensais à un poème, répondit-elle franchement.

— Dans ce cas, ce doit être à ces paroles de Sophocle : *Il est bien des merveilles en ce monde, il n'en est pas de plus grande que l'homme !* (Il eut un petit rire.) Moi, par exemple ! Car c'est vraiment merveilleux de ma part, je vous assure, d'être arrivé à réparer ce moteur ! S'il nous ramène à bon port, ce sera un miracle !

— Et si vous n'y étiez pas arrivé ?

— Nous aurions été emportés à la dérive pendant des heures, peut-être même des jours, avant qu'on ne nous porte secours. Ou nous aurions toujours pu essayer de rentrer à la nage.

Larina se mit à rire en regardant la côte, au loin, toujours enveloppée de brume.

— Le seul moyen d'y arriver aurait été de chevaucher un dauphin.

— Evidemment, et pour bien faire, les dieux auraient dû en envoyer un à chacun. (Larina ne dit rien et, après un silence, Wynstan reprit :) J'aimerais bien savoir à quel poème vous pensiez.

— Le vôtre est meilleur.

— J'attends !

D'une voix gênée, mais juste assez fort pour qu'il l'entendît par-dessus le ronflement du moteur, elle lui récita les vers qui, depuis son arrivée à la villa, lui revenaient sans cesse à l'esprit :

> *Celui qui vient d'obtenir une victoire,*
> *En sa grande félicité, vole plein d'espoir,*
> *Porté par les ailes de ses exploits.*

Bien qu'ils fussent tirés d'une ode invoquant la protection d'Apollon pour les vainqueurs des jeux Pythiques, elle les trouvait particulièrement bien adaptés à Wynstan.

On pouvait difficilement être plus fort et vigoureux, se dit-elle en observant, à travers la chemise trempée, sa puissante carrure, ses bras musclés et son corps d'athlète.

Son pantalon mouillé mettait en valeur son bassin étroit, et Larina savait, rien qu'à le voir, qu'il était extrêmement fort et que, dans un combat, il aurait toujours le dessus.

— Si c'est de moi dont il s'agit, dit Wynstan avec un sourire, vous oubliez deux lignes assez importantes du poème.

— Ah ! oui ? Lesquelles ?

Mais un instant suffit pour qu'il retombe à terre,
Renversé par le destin inflexible.

Ce disant, Wynstan se mit à rire.

— ... Autrement dit, « le prélude de la chute, c'est l'orgueil » ; il est bon de s'en souvenir.

— Pourquoi tomberiez-vous ? Je suis sûre que cela ne vous arrivera jamais.

— J'espère que vous dites vrai. Mais c'est toujours une erreur d'avoir trop bonne opinion de soi ou de se croire invincible.

— Oh! cette idée ne me viendrait jamais à l'esprit. Mais pour vous, c'est autre chose. Je suis sûre que vous obtenez toujours ce que vous voulez, que rien ne vous est impossible, que vous savez tourner la pire situation à votre avantage.

— Vous êtes de nouveau comme les sirènes qui chantaient pour charmer Ulysse... La chose la plus dangereuse, peut-être, que puisse faire une femme à un homme, dit Wynstan en plaisantant, est de lui faire croire qu'il est invincible ou infatigable. (Il regarda un instant Larina, dont les yeux grands ouverts étaient fixés sur lui.) C'est aussi la meilleure chose qu'elle puisse faire pour lui : la plupart des hommes ont besoin que quelqu'un croie en eux, parce qu'ils doutent d'eux-mêmes.

— Moi, je crois en vous, dit-elle dans un élan sincère.

— Comment cela ?

— Je pense que vous obtiendrez toujours ce que vous voulez de la vie. Je crois aussi que ce que vous voulez est une chose qui comptera réellement, et qui aidera les autres.

Elle n'était pas très sûre de ce qu'elle disait mais les mots lui venaient spontanément.

Il y eut un moment de silence, puis Wynstan lui dit :

— Merci, Larina, vous avez tranché pour moi une question assez importante.

Ensuite, ils ne parlèrent plus, car il concentrait toute son attention sur la conduite du bateau, tandis qu'un nouveau grain obligeait Larina à garder la tête baissée.

L'après-midi était déjà bien avancé lorsqu'ils atteignirent enfin l'appontement privé de la villa, car ils étaient rentrés à une vitesse de moins de trois nœuds.

Le mécanicien les attendait et Wynstan lui raconta leur mésaventure. Tandis que l'Italien poussait de grandes exclamations consternées, Larina commença à remonter vers la villa.

Elle avait du mal à avancer, avec ses jupes trempées, et Wynstan eut tôt fait de la rattraper.

— Vous allez prendre un bain chaud, déclara-t-il d'une voix ferme, mais pas avant d'avoir bu quelque chose.

Malgré ses protestations, il l'entraîna dans une pièce où un plateau était servi sur une petite table.

— Je suis en train de tremper le tapis, remarqua-t-elle, consternée.

— Mieux vaut cela qu'une pneumonie. Buvez ceci, jusqu'au bout.

C'était du cognac, et Larina sentit l'alcool lui brûler le gosier au passage, mais comme il lui avait dit de tout boire, elle obéit.

Puis elle monta à ses appartements où une femme de chambre lui faisait déjà couler un bain. Retirant aussitôt ses vêtements mouillés, elle se plongea dans l'eau fumante et y resta longtemps.

Il lui fallut ensuite sécher ses cheveux, et ce n'est que deux heures plus tard qu'elle descendit, en robe du soir, rejoindre Wynstan dans ce qui était normalement le salon d'hiver, lui avait-on dit.

Il y avait une cheminée, où crépitait un magnifique feu de bois devant lequel on avait dressé le couvert.

A son entrée, Wynstan se leva en s'exclamant :

— Si vous n'avez pas faim, moi oui !

Elle lui adressa un sourire un peu gêné.

Maintenant qu'elle était de retour à la villa, il lui était difficile de ne pas penser au baiser qu'il lui avait donné.

En y songeant dans son bain, elle s'était dit qu'elle ne devait pas y attacher trop d'importance.

Il était si fier d'avoir réussi à réparer le moteur qu'il fallait qu'il manifeste sa joie à quelqu'un, et il se trouvait qu'elle était debout près de lui, voilà tout.

Pour elle, ce baiser avait été une révélation ; mais elle était sûre que lui n'y avait pas attaché plus d'importance que ne le fait un homme lorsqu'il embrasse une petite fille ou la fait tournoyer dans ses bras.

Les domestiques entrèrent, apportant des plats appétissants, et Larina se rendit compte soudain qu'elle mourait de faim.

— Savez-vous qu'il est plus de 7 heures ? dit Wynstan. Notre petit déjeuner est très loin, et je suppose que ceci doit être considéré comme le dîner ; autrement dit, nous avons sauté le déjeuner.

— Ce n'est pas moi qui m'en plaindrai, répondit Larina en souriant. Je n'ai jamais autant mangé que depuis que je suis ici.

— Je me réjouissais de vous emmener déjeuner à Ischia, mais nous irons là-bas un autre jour. Demain, nous serons plus prudents et nous nous contenterons d'aller à Capri, qui est à trois milles seulement. Du moins, si nous tombons de nouveau en panne, y aura-t-il plein de gens autour pour nous secourir.

— Je n'ai pas peur.

— Voulez-vous que je vous dise de quelle façon admirable vous vous êtes comportée ? Toute autre femme aurait geint et se serait plainte et beaucoup auraient vraiment eu peur.

— J'ai seulement eu peur, au début, d'avoir le mal de mer, avoua Larina, ce qui aurait été assez gênant.

— Et pas très romantique.

Il lui sembla que le regard de Wynstan se posait un instant sur ses lèvres, et elle rougit.

Il insista pour lui faire boire du vin au dîner et une liqueur ensuite.

Puis il la fit s'asseoir confortablement, les jambes allongées, sur le grand canapé de velours au coin du feu, et il posa sur elle une couverture de fourrure.

— Je n'ai plus froid, maintenant, dit-elle.

— J'ai tout de même peur que vous ne vous enrhumiez. La Méditerranée est parfois traîtresse et très trompeuse. Elle est aussi changeante qu'une femme.

— Sommes-nous toutes capricieuses à ce point ?

— La plupart des femmes le sont, mais c'est ce qui fait leur charme. Je crois que si elles étaient d'humeur égale, cela deviendrait vite ennuyeux.

En souriant, Larina se blottit dans les coussins de soie.

— Je suis trop fatiguée et trop bien installée pour faire un caprice maintenant pour votre seul plaisir, mais faites-moi penser, demain, à avoir quelques sautes d'humeur !

Elle avait parlé d'un ton léger, mais, en prononçant le mot " demain ", elle se posa de nouveau l'éternelle question.

Serait-elle encore avec lui, demain, pour se permettre des sautes d'humeur ?

— Qu'est-ce qui vous tracasse ? demanda Wynstan.

— Qui vous dit que quelque chose me tracasse ? répondit-elle, éludant la question.

— Vos yeux vous trahissent. Je n'ai jamais vu de femme dont l'expression changeait aussi vite ou dont le regard était aussi révélateur. (Il se pencha en avant dans son fauteuil.) Dites-moi ce qui vous fait peur, Larina, l'implora-t-il. Je sais que quelque chose vous effraie et je ne peux supporter de lire cette crainte dans vos yeux.

Elle eut un moment d'hésitation avant de répondre :

— Je vous le dirai demain soir.
— C'est promis ?
— Oui..., c'est promis.

D'ici à demain soir, il aurait compris, songeait-elle en disant cela. Elle n'aurait plus besoin de lui expliquer ce qui n'allait pas : il le verrait.

Elle était très confortablement installée sur le divan, il faisait bien chaud au coin du feu, et l'alcool que lui avait fait boire Wynstan lui donnait l'impression de flotter sur un nuage...

Elle avait dû s'assoupir, car elle fut réveillée par la voix de Wynstan :

— Vous êtes fatiguée, disait-il. Vous vous êtes levée très tôt ce matin, et nous avons eu une journée épuisante. Il est temps d'aller vous coucher.

— Non... je veux... rester ici, bredouilla-t-elle dans un demi-sommeil.

— Il va falloir que j'emploie la force ! Si vous êtes trop fatiguée pour marcher, je vais vous porter. (Sur ce, il écarta la couverture et la souleva dans ses bras sans lui donner le temps de protester.) Pourquoi ne seriez-vous pas « portée par les ailes de mes exploits » ? déclama-t-il en souriant.

Avec un petit rire étouffé, elle posa la tête sur son épaule.

Serrée tout contre lui, elle n'avait jamais été aussi heureuse. Et elle savait que, légère comme elle l'était, ce n'était rien, pour lui, de la porter, à travers le vestibule et dans le large escalier, jusqu'à sa chambre.

Wynstan poussa la porte du pied. Il s'aperçut, en entrant dans la chambre, que Larina avait fermé les paupières et s'était endormie sur son épaule.

Il la déposa tout doucement sur le lit.

Elle ouvrit alors les yeux avec un petit murmure de regret d'avoir à quitter la sécurité de ses bras.

— Voulez-vous que j'appelle une femme de chambre ?

— Non... répondit-elle avec effort, je peux... me déshabiller seule.

— Je sens que dès que je vous aurai quittée, vous vous rendormirez. Et comme je tiens à ce que vous passiez une bonne nuit, Larina, je vais me tourner pendant que vous vous déshabillerez ; et une fois que vous vous serez mise au lit, je vous borderai.

Elle lui jeta un regard brouillé par le sommeil tandis qu'il l'aidait à se redresser et, avec des doigts habiles, détachait sa robe, dans le dos.

— Dépêchez-vous, lui dit-il en riant, ou je vous retrouverai endormie par terre !

Sur ce, il se dirigea vers la fenêtre, où il écarta la tenture pour regarder la mer.

Il ne pleuvait plus, mais le ciel était nuageux, sans étoiles et sans lune.

Les lumières de Naples scintillaient dans le lointain et Wynstan les contempla jusqu'à ce qu'une petite voix, derrière, lui dit :

— Voilà..., je suis couchée.

Il se retourna et s'approcha de nouveau du lit, tendu de mousseline à volants.

Les cheveux d'or de Larina se détachaient sur le fond blanc des oreillers. Wynstan vit qu'elle portait une chemise de nuit de mousseline à manches longues garnies d'un volant de dentelle qui retombait sur ses mains, et dont le col, également bordé de dentelle, s'attachait au cou.

Il remonta les draps jusque sous son menton, puis, se penchant sur elle, il posa sur ses lèvres un baiser très doux.

— Bonne nuit, Larina, lui dit-il tout doucement.

— Bonne nuit..., Apollon, répondit-elle en fermant les yeux.

Wynstan resta un long moment à la regarder ; puis, éteignant la lumière, il sortit.

7

Larina ouvrit les yeux et vit la femme de chambre qui tirait les rideaux.

— Quelle heure est-il ? demanda-t-elle d'une voix ensommeillée.

— Il est 9 heures et demie, *signorina*, et j'ai pensé que vous voudriez votre petit déjeuner.

— 9 heures et demie ! s'exclama-t-elle en se dressant sur son séant.

Elle était consternée d'avoir dormi si longtemps. Elle qui voulait être debout à l'aube pour voir, une dernière fois, le jour se lever. Voilà qu'elle avait gaspillé à dormir quelques-unes des précieuses heures de son dernier jour sur terre.

Elle était furieuse contre elle-même, mais aussi tout excitée à la pensée de revoir Wynstan.

Elle se souvint alors qu'il l'avait portée jusqu'à sa chambre, et elle était sûre, bien qu'elle eût été à moitié endormie à ce moment-là, qu'il l'avait embrassée avant de sortir.

A la seule pensée du baiser qu'il lui avait donné sur le bateau, elle sentit une joie délirante l'envahir, une sensation délicieuse, toute nouvelle pour elle, et qu'elle n'aurait pas même crue possible.

Elle était trempée, elle avait froid, et pourtant elle avait senti comme un feu en elle, dans l'émerveillement de son baiser.

Le jour n'était plus gris et pluvieux, le monde

s'était mis à briller comme si Apollon l'avait touché du doigt.

« Voilà comment j'aimerais mourir, se dit-elle, songeant aussitôt à ces vers d'Homère :

Illumine les cieux et fais que nos yeux voient.
S'il faut que tu me tues, que la lumière brille !

La lumière ! Voilà ce que je dois trouver, puisqu'il faut que l'on me tue. »

La femme de chambre lui apporta son petit déjeuner sur un plateau où était posée une rose blanche.

Son parfum était délicieux et Larina se dit, en le humant, qu'elle voulait que les moments qu'il lui restait à vivre soient vraiment heureux.

Il ne fallait pas que Wynstan la sentît inquiète ou effrayée.

Elle essaierait d'être gaie, de rire avec lui. Et quand viendrait son heure, il serait là, et la mort, alors, ne lui ferait peut-être plus peur.

Elle déjeuna vite, puis se leva et descendit les marches de marbre pour se plonger dans le bain tiède que la femme de chambre lui avait préparé.

Elle se demanda si d'autres occupants de la villa avant elles avaient un jour su, eux aussi, que leur existence touchait à sa fin et qu'ils vivaient leur dernier jour.

« Il ne faut pas y penser ; sinon, Wynstan s'apercevra que quelque chose ne va pas. »

Cela lui réchauffa soudain le cœur de songer qu'il lui portait de l'intérêt, qu'il lui avait demandé, la veille, de lui révéler son secret. Elle avait promis, sachant parfaitement qu'elle n'aurait pas besoin de parler, que les événements le feraient à sa place.

« Je me demande si cela le chagrinera ? »

Mais non, elle était ridicule.

Que lui importait sa mort ? Il la connaissait depuis si peu de temps !

Il s'était montré gentil, charmant, uniquement parce que c'était sa manière d'être. Il l'avait embrassée... mais la séduisante Italienne aussi.

— Quelle robe voulez-vous mettre, *signorina* ? demanda la femme de chambre.

Il y en avait une qu'elle n'avait pas encore portée, une de celles qu'elle avait achetées chez Poiret.

Elle était blanche, garnie de fine dentelle, et des rubans bleu turquoise étaient passés dans le tissu ; elle se portait avec une large ceinture assortie aux rubans.

Larina n'avait jamais vu de robe d'après-midi plus jolie et elle se rendit compte qu'instinctivement elle l'avait gardée pour son dernier jour.

Elle brossa ses cheveux jusqu'à ce qu'ils brillent, puis, les ramenant en arrière, les tordit en un chignon bas sur la nuque.

— La *signorina* est très belle ! *Bellissima !*

— Merci !

Ce compliment, de toute évidence sincère, était exactement ce qu'il fallait à Larina pour lui remonter le moral.

Elle descendit, un peu gênée malgré sa hâte de retrouver Wynstan.

Il était dans le salon, assis devant le secrétaire, en train d'écrire.

A son entrée, il se leva et elle remarqua son regard admiratif.

— J'ai honte d'avoir dormi aussi longtemps, s'excusa-t-elle.

— Vous aviez de bonnes raisons d'être fatiguée.

— Qu'allons-nous... faire... aujourd'hui ?

Elle demanda cela d'une voix haletante, tant la question était importante pour elle : elle avait si peur qu'il n'eût modifié ses projets.

— J'ai promis de vous emmener à Capri... à moins que vous n'osiez plus vous risquer dans mon vilain bateau ? Le mécanicien m'affirme que nous pouvons faire des kilomètres et même utiliser le bateau pendant des années, sans que se reproduise la panne d'hier !

— Je n'ai aucune crainte et je rêve depuis longtemps de voir Capri.

— Dans ce cas, votre vœu sera exaucé. Si vous êtes prête, autant partir tout de suite.

Larina leva les yeux vers lui, tout excitée.

Elle était descendue avec son chapeau et, en passant dans le vestibule, Wynstan prit une ombrelle bleue posée sur une table.

— C'est ma belle-sœur qui s'en servait, dit-il, et je crois que nous ferions bien de l'emporter. Il fait parfois très chaud à Capri. Nous essaierons tout de même de trouver un endroit ombragé sous les oliviers. (Devant le regard interrogateur de Larina, il précisa :) J'ai pensé qu'aujourd'hui, nous pourrions pique-niquer. Je veux aller dans le sud de l'île, où, pour autant que je sache, il n'y a pas de restaurants. Alors le chef a mis dans un panier tout ce qu'à son avis, il faut manger et boire sur une aussi belle île.

— Dans ce cas, ce ne peut être que du nectar et de l'ambroisie, dit Larina en souriant.

— Evidemment ! Rien d'autre ne saurait satisfaire le palais des dieux.

Ils descendirent à l'appontement, suivis par un valet qui portait le panier d'osier.

Le mécanicien les attendait et confirma à Wynstan que tout marchait parfaitement et qu'il n'aurait plus de panne.

— J'espère que vous dites vrai ! Merci ! répondit Wynstan dans un italien impeccable.

Le valet déposa le panier du pique-nique dans la cabine.

Wynstan mit le moteur en marche et ils partirent, à une vitesse nettement supérieure à celle du retour, la veille.

Ce matin-là, la mer était d'huile et le soleil, déjà très chaud, brillait d'un éclat aveuglant.

Capri n'était qu'à trois milles du promontoire de Sorrente.

Tandis qu'ils s'éloignaient, Larina se dit, en regardant en arrière, qu'Ulysse n'aurait pu choisir de plus bel endroit pour ériger un temple à Athéna, que cette pointe.

— Je sais ce que vous pensez, dit Wynstan en souriant, mais il y avait aussi beaucoup de temples dans l'île de Capri lorsque les Grecs l'ont colonisée.

— Oui, bien sûr.

— En découvrant Capri, Auguste fut tellement frappé par sa beauté qu'il l'acheta à la cité de

Naples en échange d'Ischia. (Voyant qu'elle l'écoutait attentivement, il poursuivit :) Tibère, son successeur, y fit construire douze villas, dédiées aux douze divinités de l'Olympe.

— Est-ce qu'il en reste quelque chose ?

— On est en train d'en mettre une au jour, en tout cas, mais il va faire trop chaud pour visiter quoi que ce soit, aujourd'hui. Il vous faudra, j'en ai bien peur, vous contenter de la beauté naturelle de l'île.

Elle était assurément très belle.

Tandis qu'ils s'en approchaient, Larina vit que ses montagnes, dont le point culminant était le mont Solaro, étaient presque bleues, d'un bleu féerique, surnaturel, qui devait, se dit-elle, appartenir aux dieux.

Ils dépassèrent Marina Grande, le port principal, et contournèrent les hautes falaises abruptes.

Wynstan lui montra au passage plusieurs grottes en disant qu'un autre jour, il faudrait venir les explorer.

Glissant sur la mer d'un bleu vif, au pied des falaises dolomitiques absolument verticales que le temps avait découpées et creusées, leur donnant des formes bizarres, ils arrivèrent au sud de l'île.

Là, se trouvait un petit débarcadère, abrité par une avancée naturelle du rocher.

— Nous voici à Marina Piccola, dit Wynstan. C'est ici que nous laissons le bateau et que nous grimpons. Il n'y a ni route ni voiture, alors j'espère que vous vous sentez pleine d'énergie.

— Mais oui.

— En haut, nous arriverons aux jardins d'Auguste, mais je vous préviens, la montée est raide.
— Cela ne me fait pas peur.

Ils amarrèrent le bateau. Wynstan prit le panier du pique-nique et, quittant la petite plage, ils commencèrent à grimper le long de la falaise.

Ce n'était pas trop difficile, car il y avait un sentier étroit, en lacets ; mais Larina était contente d'avoir une ombrelle pour se protéger du soleil brûlant.

En atteignant enfin le sommet, ils découvrirent des arbres, de l'herbe et une profusion de fleurs sauvages de toutes les couleurs.

— Je pense qu'il est inutile d'aller plus loin, dit Wynstan.

Au même moment, Larina poussa un petit cri.

Elle venait de remarquer des ruines : deux arcs usés par le temps et les intempéries et qui, de toute évidence, avaient jadis fait partie d'un édifice.

— C'est la villa d'Auguste ? demanda-t-elle.
— Oui. On l'imagine venant s'y reposer, projetant l'expédition suivante en vue d'étendre encore l'Empire romain ou, peut-être, cherchant un moyen d'extorquer davantage d'argent et d'esclaves aux peuples conquis.

— Oh ! non, ne me gâchez pas mon plaisir. Je veux imaginer les gens heureux sur cette île merveilleuse.

Elle était encore plus belle qu'elle ne l'avait imaginée. Le bleu vif de la Méditerranée, reflétant l'azur du ciel, faisait paraître l'herbe plus verte encore, les fleurs plus éclatantes.

Wynstan choisit un endroit confortable au pied d'un arbre où il déposa le panier.

Puis il s'allongea à demi dans l'herbe, prenant appui sur un coude.

— Venez vous asseoir près de moi, dit-il à Larina, qui restait debout, le regard tourné vers la mer. Nous ferons semblant d'être des Romains — ou des Grecs, si vous préférez — prêts à donner le monde entier, du moins ce qu'on en a déjà découvert, pour ce petit coin de paradis.

« Oui, c'est vraiment le mot qui convient, se dit Larina, ... un coin de paradis ! »

Ecoutant Wynstan, elle alla s'asseoir près de lui, referma l'ombrelle et enleva son chapeau.

Il la regardait faire.

— En fait, vous avez le type grec ! s'exclama-t-il. Oui, tout ce qu'il y a de plus pur, avec votre petit nez droit et vos cheveux qui semblent retenir la lumière du soleil.

— On peut en dire autant de vous.

— Hier soir, vous m'avez appelé Apollon.

Larina rougit et baissa les yeux.

— C'était dans mon sommeil.

— Mais je ne m'en plains pas, dit Wynstan en souriant. Et si nous étions grecs, même des Grecs très ordinaires, mais nés au bon moment, nous nous croirions auréolés de la lumière divine.

— Les Grecs le pensaient-ils vraiment ?

— La victoire de leur flotte sur les Perses au large de l'île de Salamine tenait tellement du prodige qu'elle les persuada que les dieux avaient combattu à leurs côtés.

— Quand a eu lieu cette bataille ?
— Par une belle journée ensoleillée comme celle-ci, en septembre 480 avant Jésus-Christ.
— Et cette victoire a définitivement éloigné d'eux la menace de la domination perse ?
— Absolument ! Pendant les cinquante années qui ont suivi, ils ont vécu libres, philosophant, peignant, sculptant et bâtissant des œuvres d'art, en enfants chéris des dieux.
— Comment cela ?
— Parce qu'eux savaient, comme nous en avons oublié ou perdu le secret, puiser à cette force que nous appelons " Dieu ", ou simplement la " Vie ".
— Croyez-vous vraiment qu'on la trouve toujours au moment où l'on en a besoin ?
— J'en suis fermement convaincu. C'est cette force qui permit aux Grecs, en l'espace de deux générations, de développer jusqu'à leurs limites les facultés mentales de l'homme ; et, ce faisant, ils devinrent les maîtres incontestés de la pensée humaine, depuis l'Antiquité jusqu'à nos jours.
— Réellement ?
— Parce que les Grecs avaient eu la révélation divine, ils se sentirent doués physiquement d'une force insoupçonnée jusqu'alors ; leur regard se fit plus perçant et leur esprit, plus avide de connaissances.
— Et aujourd'hui ?
— Nous pourrions découvrir en nous ces mêmes dons, si nous nous en donnions vraiment la peine.
Larina inspira profondément.
— Autrement dit, nous aussi, nous pouvons pui-

ser à cette force, à cette " lumière divine ", et non seulement nous en imprégner en ce monde, mais nous fondre en elle lorsque nous mourrons ?

Il lui semblait, en parlant, que tout devenait clair, que Wynstan avait dissipé toutes ses craintes, tous ses doutes.

Après un silence, il répondit :

— Blake a écrit : *Là où d'autres ne voient que l'aurore se lever au-dessus de la colline, je vois les fils de Dieu crier de joie.* (Il se tourna vers Larina en souriant, et poursuivit :) Les Grecs se considéraient comme les fils des dieux et leurs cris de joie se sont répercutés d'âge en âge. Nous devrions faire comme eux.

— C'est ce à quoi j'aspire. Je crois que c'est ce que je cherche depuis toujours, mais jusqu'à présent, ce n'était pas clair.

— A Capri, les choses apparaissent plus clairement que partout ailleurs, en dehors de la Grèce. (Wynstan s'allongea et, regardant les branches au-dessus de sa tête, il ajouta :) Ici, il est facile de croire, loin du bruit des voitures et des machines, loin de la masse écrasante des gratte-ciel. L'homme est amoindri par les édifices qu'il construit.

— Oui, c'est vrai.

Il n'avait pas besoin d'en dire davantage. La lumière diaphane, le bleu phosphorescent de l'île étaient si exquis, si apaisants qu'elle avait l'impression de pouvoir se jeter dans le ciel ou dans la mer et cesser d'être elle-même pour se fondre en eux.

Ici, à Capri, l'esprit était libre de prendre son

essor. La peur n'existait plus; tout n'était que beauté.

Ils gardaient le silence, mais étaient en communion si étroite que Larina croyait presque sentir Wynstan la toucher.

Ce n'est qu'au bout d'un long moment qu'il s'exclama :

— Je ne sais pas si vous avez faim, mais moi, oui ! J'ai déjeuné très tôt, ce matin.

— C'est ce que je voulais faire aussi, et j'étais furieuse d'avoir dormi si longtemps.

— Oh ! nous rattraperons le temps perdu, dit négligemment Wynstan. Voulez-vous ouvrir le panier et voir ce qu'on nous a préparé ?

Larina souleva le couvercle et, aussitôt, éclata de rire.

— Il y a de quoi nourrir un régiment.

— Rien ne plaît davantage aux Italiens que de préparer un pique-nique. (Tout en parlant, Wynstan débouchait une bouteille de vin doré.) Il devrait se boire frais. Mais la seule chose qui fasse parfois défaut à Capri, c'est l'eau. Pourtant, c'est curieux — ou peut-être faut-il y voir une influence divine — mais les vignes, les orangers et les jardins sont extrêmement productifs. J'ai toujours entendu dire qu'on trouvait une plus grande variété de fleurs et d'arbustes ici que partout ailleurs en Italie. (Il remplit deux verres et en tendit un à Larina.) Buvez-le lentement en imaginant que c'est du nectar. Les dieux ont peut-être un goût plus raffiné mais, pour ma part, je trouve qu'il se laisse boire.

Larina en prit une petite gorgée.

— Il est délicieux.

— C'est bien mon avis, dit Wynstan en souriant.

Larina disposa sur l'herbe tout ce que le chef leur avait préparé.

Il y avait une mousse de poisson, si légère et si onctueuse qu'elle fondait dans la bouche ; des tranches de jambon de Parme fines comme de la dentelle ; et des *dolci* napolitains, les *sfogliatelle*, petites pâtisseries fourrées d'ingrédients si délicieux et si nouveaux qu'il était difficile de les reconnaître.

Le chef n'avait pas oublié les olives noires bien mûres dont les Italiens aiment accompagner tous leurs repas. Quant aux *crochette di patate,* c'étaient, expliqua Wynstan, des boulettes de purée de pommes de terre et de parmesan enrobées de chapelure fine puis frites dans de l'huile ; les Napolitains, en particulier, en étaient très friands.

Il y avait aussi un assortiment de fromages de la région, dont une spécialité de Sorrente, la *provola di pecora,* au lait de brebis.

Tout était délicieux, et le repas se termina par des pêches, que Wynstan voulut absolument peler et mettre dans un verre de vin blanc pour Larina, et des figues aux noix, une autre spécialité de Sorrente.

Le café resté bien chaud dans sa bouteille isolante plus davantage à Wynstan qu'à Larina.

— Ah ! cela va mieux ! s'exclama celui-ci lorsqu'ils eurent fini.

— Beaucoup mieux ! Mais l'ennui, c'est que maintenant je n'ai plus beaucoup d'énergie, et je ne suis plus aussi pressée d'explorer l'île qu'avant le déjeuner.

Elle rangea dans le panier les restes du repas, ainsi que la vaisselle. Puis elle regarda Wynstan, de nouveau allongé dans l'herbe, et, sans beaucoup de conviction, proposa tout de même :

— Nous devrions maintenant partir visiter le reste de Capri.

— Il fait trop chaud. Vous ne verrez jamais un Italien raisonnable s'activer à cette heure-ci. Allongez-vous un moment, Larina. La sieste est aussi bienfaisante pour l'esprit que pour le corps.

N'ayant aucune envie d'aller explorer l'île toute seule, Larina suivit volontiers son conseil.

Allongée dans l'herbe tendre, elle respirait le parfum des fleurs, si frais que tout semblait neuf et pur.

— Je vous préfère comme cela, approuva Wynstan. Je n'aime pas les femmes qui s'agitent.

— Est-ce mon cas ?

— Non. Il y a en vous une sérénité que j'aime et que je vous envie.

— Tout comme moi je vous envie.

— Pourquoi donc ?

Tout en parlant, il se souleva sur un coude pour la regarder.

Elle voyait maintenant sa tête sur le fond du feuillage, et les rayons du soleil, se faufilant entre les branches, l'enveloppaient d'un halo lumineux.

— Je vous envie parce que vous paraissez si sûr de vous et que vous avez encore tant de choses à accomplir sur terre.

Wynstan ne répondit rien.

Elle s'aperçut alors qu'il la regardait avec, dans les yeux, une expression qui l'embarrassa. Et soudain, il lui déclara :

— Comme vous êtes belle, Larina ! Je ne connais pas de femme plus belle que vous.

Alors, il posa ses lèvres sur les siennes, et ce fut comme s'il descendait du ciel pour l'emporter.

Il l'embrassa d'abord avec douceur, et sa bouche était tiède sur la sienne. Puis, tandis que son baiser se faisait plus pressant, plus ardent, Larina se sentit frémir tout entière et une joie délirante l'envahit, comme la première fois, mais plus intense, plus divine encore.

C'était comme si un feu s'allumait dans tout son être, infusant en elle une douce sensation de chaleur qui lui procurait un émerveillement indicible.

Il lui semblait que toute la beauté qui les entourait se retrouvait dans la sensation que lui donnait Wynstan. Le bleu de la mer et du ciel, le mystère de l'île, les fleurs et jusqu'aux feuilles des arbres se confondaient avec le miracle de leur union.

Rien d'autre n'existait dans le monde que Wynstan. L'univers entier n'était fait que de lui, et elle-même n'avait plus d'existence distincte.

Finalement, il souleva légèrement la tête pour lui avouer :

— Je ne peux pas vous résister, mon amour ! Vous m'avez captivé depuis l'instant où, vous voyant pour la première fois, dans le temple, je vous ai prise pour Aphrodite.

— Moi..., je vous ai pris... pour Apollon, murmura Larina.

C'est à peine si elle pouvait parler, en proie à son émoi, à l'extase qui la faisait vibrer de tout son être, depuis que Wynstan l'avait embrassée.

— Que pourrions-nous souhaiter de mieux ? conclut Wynstan.

Et de nouveau il l'embrassait, baisant délicatement sa bouche, ses paupières, son front, son petit nez droit, ses joues, ses oreilles, pour revenir à sa bouche une fois encore.

Pour Larina, le temps était aboli ; plus rien n'existait que la splendeur de cet instant, aveuglante, éblouissante, envoûtante au point d'effacer sa pensée même.

Plus tard, Wynstan dénoua le ruban de mousseline qu'elle portait à son cou pour en embrasser la douce rondeur.

Un frisson nouveau, inconnu, la parcourut alors, sa respiration se fit haletante et elle sentit ses paupières s'alourdir...

— Comment pouvez-vous être aussi belle ? demandait Wynstan suivant du doigt son front, l'arête de son nez, ses lèvres et son menton. Votre visage est parfait. Dès que je vous ai vue, j'ai su que vous étiez celle que j'avais imaginée en contemplant pour la première fois la statue d'Aphrodite dans le temple.

— Toute la journée, j'avais pensé à Apollon et, en regardant se coucher le soleil, je me disais que c'était lui qui partait éclairer l'autre moitié du monde et me laissait seule dans les ténèbres. Alors, je me suis retournée, et je vous ai vu !

— Si j'avais écouté mon instinct, je vous aurais prise dans mes bras. Nous n'avions pas besoin d'explication, pas besoin de faire connaissance. Nous savions déjà.

Et de nouveau, il l'embrassait, il la couvrait de baisers, au point qu'elle se rapprocha pour se serrer plus fort contre lui, souffrant dans tout son être d'une sensation étrange qu'elle ne comprenait pas.

— Je vous aime ! Je vous aime ! ne cessait de répéter Wynstan. Je vous ai cherchée toute ma vie. Toutes les belles femmes que j'ai connues m'ont déçu parce qu'aucune ne vous ressemblait. (Tout en continuant à parler, il posait des baisers sur son petit menton, sur les coins de sa bouche.) Il manquait toujours quelque chose ; je n'aurais pu dire exactement quoi, mais mon cœur le sentait.

— Est-ce pour cela que vous ne vous êtes jamais marié ?

Elle eut l'impression, alors même qu'elle prononçait ces paroles, d'avoir jeté une pierre dans l'eau et de voir les cercles s'agrandir et se multiplier à la surface.

Après un silence, Wynstan répondit :

— Je n'ai jamais envisagé de me marier... jusqu'à cet instant. Vous avez des secrets pour moi, Larina, des secrets que vous avez promis de me révéler ce soir. Mais peu importe ce que vous avez à me dire. Quoi que vous ayez fait, quoi que vous me cachiez, plus rien ne compte. (Il resserra son étreinte.) Nos âmes se sont trouvées. Vous êtes tout ce que mon cœur a toujours cherché et rien d'autre n'a d'importance.

Rapprochant de nouveau son visage du sien, il l'embrassa plus passionnément, plus ardemment encore.

Elle ne sentait plus le sol au-dessous d'elle et, prise de vertige, elle voyait le ciel tournoyer tout là-haut.

Son baiser lui faisait perdre le souffle, tandis qu'une chaleur étrange envahissait tout son corps.

— Je vous aime! Je vous aime! disait Wynstan.

Elle entendit sa propre voix, tremblante mais vibrant d'une joie indicible, lui répondre :

— Je vous aime!... Ô Apollon...! Je vous aime!

Et il l'embrassait toujours. Puis ses lèvres vinrent se poser sur son cou, éveillant de nouveau en elle cette sensation curieuse.

Soudain, elle se dit que c'était ainsi qu'elle voulait mourir, tout contre Wynstan, lui appartenant, enfin sienne. Dans ses bras, elle n'aurait pas peur, elle ne souffrirait pas.

— Je vous aime! dit-il encore.

Alors, elle murmura :

— Ne voulez-vous pas... m'aimer jusqu'au bout... comme un homme aime une femme et... la fait sienne ?... Je veux vous appartenir... je veux être à vous.

Sa voix s'éteignit, car Wynstan s'était figé sur place. En le sentant se raidir contre elle, elle comprit qu'elle n'aurait pas dû parler ainsi. Ses paroles avaient dressé une barrière entre eux et elle en aurait hurlé de chagrin.

Lentement, Wynstan se redressa ; puis, se mettant debout sans un mot, il s'éloigna de quelques pas et resta là, à regarder la mer.

Larina s'assit.

Elle avait commis une erreur et elle l'avait perdu. Elle souffrait le martyre, comme si on lui retournait un couteau dans le cœur.

Wynstan resta debout sans bouger pendant un moment qui lui parut interminable. Immobile, elle aussi, inquiète, elle le regardait.

Finalement, il poussa un soupir qui semblait remonter du plus profond de son être.

— Nous ferions bien de rentrer, dit-il. Il y a beaucoup de choses dont nous devons parler, et je veux vous ramener avant la nuit.

Larina aurait voulu protester. Elle aurait voulu courir se jeter dans ses bras, lui dire qu'elle avait parlé sans réfléchir, lui demander de l'embrasser de nouveau, sentir la chaleur de son corps contre le sien... mais elle était incapable de dire un mot.

Elle dut se résigner à ramasser son chapeau et son ombrelle.

Wynstan s'approcha pour prendre le panier du pique-nique, mais, sans le regarder, elle commença à descendre vers la plage.

Tout en marchant, elle avait vivement conscience de sa présence derrière elle.

Le soleil n'était plus aussi chaud qu'en début d'après-midi et Larina en conclut qu'il devait se faire tard.

Mais tout avait encore la même phosphorescence et, une fois dans le bateau, elle vit que les montagnes au-dessus de la falaise étaient encore plus bleues qu'avant.

Wynstan avait lancé le yacht à bonne allure, mais, tandis qu'ils refaisaient le tour de l'île en sens inverse, elle eut bien le temps de se demander, avec tristesse, comment lui expliquer, comment lui faire comprendre pourquoi elle avait osé parler ainsi.

« Je serai peut-être morte avant que nous n'arrivions à la villa », se dit-elle.

Mais tout son être hurlait de douleur à la pensée de mourir sans la bouche de Wynstan sur la sienne, sans ses bras autour d'elle.

Il était impossible de parler de questions intimes par-dessus le bruit du moteur, et pourtant, elle sentait qu'à chaque seconde qui passait, il risquait d'être trop tard pour lui expliquer, trop tard pour lui faire comprendre.

Lorsqu'ils eurent doublé la pointe sud, Wynstan, au lieu de mettre le cap droit sur Sorrente comme elle s'y attendait, se tourna vers Larina en souriant :

— Il est trop tard pour notre thé-dîner. Avant d'entamer la dernière partie du trajet, nous pourrions peut-être faire escale à Marina Grande pour y manger des huîtres. Qu'en dites-vous ?

Parce qu'il lui parlait de nouveau avec gentillesse, parce qu'il lui souriait, elle aurait accepté n'importe quoi.

— Oh ! oui, très volontiers ! s'empressa-t-elle de répondre.

— Il y a aussi des palourdes et des bouquets qui vous plairont sûrement, si vous n'en avez jamais goûté, ajouta-t-il d'un ton aimable.

Larina comprit qu'il voulait oublier ce qui l'avait contrarié, déconcerté peut-être.

Il se montrait aussi gentil et charmant qu'à l'aller.

Tout en regrettant la chaleur de sa voix quand il lui disait qu'il l'aimait, tout en souhaitant revoir dans ses yeux cette expression qui lui prouvait sa sincérité, elle n'en demandait pas plus, pour le moment.

Il était prêt à lui parler, et du moins n'avait-il pas l'air de lui en vouloir.

« Comment ai-je pu lui faire une proposition aussi... impudente, aussi... déplacée, aussi... honteuse ? » s'accusa-t-elle intérieurement.

Seul le désespoir l'avait poussée à parler ainsi, parce qu'elle savait qu'il ne lui restait plus que quelques heures, quelques secondes peut-être, et qu'elle aimait Wynstan de tout son cœur, de toute son âme, et plus que son salut éternel.

A cet instant, plus rien ne comptait que lui. Plus rien n'existait au monde que ses lèvres.

« Il comprendra... quand je serai... morte », se dit-elle tristement.

Elle l'observait de profil en songeant que, pour sa part, elle le trouvait parfait. Quand bien même il lui en voudrait, elle ne l'en aimerait que davantage.

Ils arrivaient à Marina Grande. Wynstan entra dans le port et accosta.

Le soleil brillait encore, et les maisons blanches du bord de mer prenaient maintenant des teintes pourpre et or.

A l'arrière-plan, les montagnes vertes aux sommets dénudés s'embrasaient aussi, et la mer miroitait.

— Savez-vous ce que je vais faire ? dit Wynstan. Je vais aller chercher les huîtres et ce que je pourrai trouver d'autre à manger. Pendant ce temps, vous mettrez le couvert dans la cabine.

— Très bien ! répondit Larina, heureuse d'avoir de quoi s'occuper.

Comme il s'apprêtait à sauter sur le quai, elle ajouta :

— ... Vous... n'en aurez pas pour longtemps ?

— Non ! Le restaurant où l'on vend les huîtres est tout près d'ici. J'en ai pour quelques minutes.

Il y avait sur le quai plusieurs petits garçons, trop contents d'aider à amarrer le bateau. Ils le regardaient d'un air excité, montrant du doigt la barre et le compartiment moteur et bavardant entre eux.

Larina entra dans la cabine. Elle y trouva une nappe à gais carreaux rouges et blancs, dont elle couvrit la table.

Dans le même tiroir, il y avait aussi des couteaux, des fourchettes et des verres, et elle mit le couvert, sans cesser de penser à Wynstan.

Découvrant un miroir dans la cabine, elle lissa ses cheveux et refit le nœud du petit ruban de mousseline que Wynstan avait dénoué et qu'elle avait replacé autour de son cou, très vite et d'une main tremblante, avant de redescendre vers le bateau.

Elle remarqua combien ses yeux paraissaient immenses dans son visage pâle.

« O mon Dieu..., pria-t-elle, faites qu'il comprenne ! Je l'aime ! Je l'aime éperdument ! Faites

qu'il comprenne... et qu'il m'aime de nouveau...
avant que je ne meure ! »

Wynstan constata avec satisfaction que le restaurant dont il se souvenait existait toujours.

Il était réputé pour son poisson, mais surtout pour ses huîtres, ses palourdes et ses moules.

Devant l'entrée, à la terrasse, il y avait des aquariums pleins de poissons et, enfant, cela l'amusait de choisir celui qu'il voulait manger et de regarder le serveur l'attraper avec une petite épuisette.

Il entra et commanda une *aragosta* — une langouste —, qui, déjà cuite, était disposée sur une salade verte garnie de crevettes roses.

— Je recommande à Monsieur notre *zuppa di cozze*, lui conseilla le patron.

Wynstan savait que c'était de la soupe de moules, une spécialité du restaurant.

— C'est long à préparer ? demanda-t-il.

— Il y en a pour cinq minutes, *signore*, et je vous la servirai dans une soupière à couvercle pour que vous puissiez l'emporter sur votre bateau, si vous me promettez de me rapporter la soupière !

— Vous pouvez compter sur moi. Très bien ! dans ce cas, donnez-moi la *zuppa di cozze* et deux douzaines d'huîtres. Pendant que vous les ouvrirez, je vais déjà emporter la langouste et le vin.

Wynstan attendait qu'on les eût disposés dans une corbeille lorsqu'il entendit une voix qu'il reconnut aussitôt :

— Wynstan ! Qu'est-ce que vous faites ici ?

C'était Nicole, entourée comme toujours d'une cour d'admirateurs, et très en beauté.

— Vous le voyez, je fais des provisions de route.

— Cela fait très intime, dit-elle en souriant, mais je ne vous poserai pas de questions embarrassantes. Je me doute bien que vous ne pouvez pas manger tout cela à vous seul.

— Mais c'est Wynstan ! s'exclama l'homme qui venait de rejoindre Nicole.

Wynstan lui serra la main.

— Salut, Chuck ! Cela fait une éternité qu'on ne s'est pas vus.

— Je suis arrivé ce matin. Nicole m'a dit que tu étais à Sorrente, et j'espérais que nous pourrions nous rencontrer pour parler du bon vieux temps.

— Très volontiers, répondit machinalement Wynstan.

— A propos, dit Chuck, je suis désolé, pour ton frère ; mais contre Roosevelt, il n'avait pas beaucoup de chances.

— Roosevelt a été réélu ? Je m'y attendais.

— Oui, il est de nouveau à la Maison-Blanche. Si tu veux lire l'article, j'ai le journal d'hier, que j'ai apporté de Rome.

— Volontiers, merci.

— Allons ! venez, Chuck ! intervint Nicole. Vous savez que nous avons des amis à dîner et, si vous ne vous dépêchez pas, nous allons être en retard. (Se tournant vers Wynstan, elle ajouta :) Venez aussi, si cela vous tente. Vous savez que cela me ferait plaisir de vous voir.

— Je vous remercie, mais je vais rentrer à Sorrente trop tard.

Elle avait reçu son mot, se dit Wynstan, et il devait reconnaître qu'elle réagissait avec beaucoup de dignité.

— Tiens, le journal! dit Chuck.

Il le tendit à Wynstan et courut rejoindre Nicole, qui, en compagnie des deux autres hommes qui étaient avec eux, se dirigeait déjà vers le quai.

Wynstan ramassa ses provisions, mais donna au groupe le temps de s'éloigner dans un bateau à moteur d'un modèle moins récent que le sien et qu'il fallait deux hommes pour manœuvrer.

Puis il regagna son " Napier Minor " et vit, en montant à bord, Larina qui, de la cabine, lui souriait.

— Voici déjà le premier plat, dit-il en lui tendant la corbeille d'osier. Je dois retourner chercher le reste, mais j'ai commandé quelque chose qui, je crois, vous plaira.

— Vous m'intriguez!

— Vous aimerez sûrement la *zuppa di cozze,* vous verrez. Je reviens tout de suite.

Il repartit vers le restaurant.

Larina porta la corbeille dans la cabine. Elle la posa sur une des banquettes, vit le journal et le déposa sur la table.

Elle sortit ensuite la langouste, admirant la présentation du plat. Il y avait aussi deux bouteilles de vin, des petits pains frais et un tout petit beurrier de porcelaine.

En regardant la langouste, Larina se rendit compte qu'en réalité, elle n'avait pas faim.

Depuis qu'elle avait contrarié Wynstan, elle avait une boule dans la gorge et un terrible poids sur le cœur.

Ne pouvant supporter, pour le moment, de penser à elle-même ou à sa propre stupidité, elle ouvrit le journal.

C'était un journal américain, imprimé à Rome, mais de langue anglaise.

ROOSEVELT EST RÉÉLU

En lisant la manchette, elle se demanda si Wynstan s'intéressait à la politique. Il ne lui en avait jamais parlé ; pourtant, en Angleterre, lorsqu'il y avait des élections générales, c'était le grand sujet de conversation.

Elle parcourait des yeux le reste de la page lorsqu'elle poussa soudain un cri perçant d'animal blessé, qui résonna dans la petite cabine.

D'un geste violent, elle lança le journal par terre, puis elle grimpa sur le quai et se mit à courir comme une folle, l'air hagard.

Wynstan dut attendre la *zuppa di cozze* plus longtemps que prévu.

— Cela vient, *signore* ! Une petite seconde ! l'assurait sans cesse le patron.

Les *ostriche* — les huîtres — étaient déjà ouvertes et disposées avec soin sur un plateau pour qu'on pût les transporter facilement.

La *zuppa di cozze* arriva finalement de la cuisine

et le patron dit à un serveur de la porter jusqu'au bateau.

Celui-ci suivit Wynstan le long du quai.

Le soleil était maintenant très bas à l'horizon et l'obscurité gagnait le ciel peu à peu, faisant scintiller faiblement les premières étoiles.

Jetant un coup d'œil en l'air, Wynstan se souvint que ce serait la pleine lune cette nuit-là et qu'il trouverait donc facilement son chemin pour rentrer à Sorrente.

De retour à la villa, il aurait un entretien avec Larina, et il n'y aurait plus de secrets entre eux. Il ne se demanderait plus avec inquiétude ce qu'elle lui cachait.

Il savait qu'il lui avait fait de la peine, qu'il l'avait arrachée à une extase qui leur avait paru divine pour la replonger dans le commun, le banal.

Mais il n'avait pu s'empêcher de penser aussitôt à Elvin.

Il devait savoir! Il fallait qu'elle lui dise ce qui l'inquiétait, ce qui la tracassait depuis qu'il la connaissait, ce qui lui avait fait envoyer ce télégramme désespéré en Amérique.

Il était maintenant arrivé au bateau.

Ne voyant pas Larina, il pensa qu'elle s'était peut-être allongée sur une des banquettes à l'intérieur.

Il posa le plateau d'huîtres sur le toit plat de la cabine et prit la soupière des mains du serveur, à qui il donna un bon pourboire.

— *Grazie, signore,* dit celui-ci en s'inclinant, et en repartant aussitôt vers le restaurant.

— Larina ? appela Wynstan. Je suis là, avec notre festin !

Ce disant, il se baissa pour entrer dans la cabine déposer la soupière sur la table.

A sa grande surprise, Larina n'y était pas !

« Elle a dû aller faire un tour », se dit-il.

Il prit le plateau qu'il avait posé sur le toit de la cabine et le mit aussi sur la table. Puis il ressortit.

Il ne voyait pas Larina sur le quai et s'étonna de ne pas l'avoir croisée si elle était allée faire un tour sur le port.

Il monta sur le quai d'un bond et reprit lentement le chemin du restaurant.

« Où peut-elle bien être ? » se demandait-il.

Il n'y avait pas de boutiques en bord de mer pour attirer une femme, et le soleil avait presque disparu, cédant la place aux ombres violettes du crépuscule.

Arrivé sur la promenade du bord de mer, Wynstan regarda de tous les côtés.

Les restaurants et les cafés étaient déjà illuminés, mais il n'y avait pas beaucoup de passants, et les petits garçons étaient rentrés dîner.

Seuls quelques pêcheurs étaient occupés à préparer leur barque pour le lendemain. Wynstan se dit qu'il l'avait peut-être manquée : elle avait dû partir vers le bout du quai et il ne l'avait pas vue.

Il retourna au bateau.

Tout était tel qu'il l'avait laissé, et Larina n'était toujours pas là.

Il se demandait où elle avait bien pu aller. Malgré sa réflexion de la veille, elle ne lui avait jamais donné l'impression d'être capricieuse, mais plutôt accommodante et d'humeur facile, contrairement à toutes les femmes qu'il avait connues.

Il se dit qu'elle ne tarderait pas à revenir, et qu'il pouvait déjà ouvrir la bouteille de vin.

Il trouva un tire-bouchon, déboucha une des bouteilles et la goûta. C'était du bon vin, même s'il ne valait pas celui de la villa, qui, mis en cave du temps de son grand-père, avait un bouquet exceptionnel.

Il alla se poster à l'avant du bateau. Il faisait presque nuit et l'on ne voyait plus très loin, mais il n'apercevait toujours pas Larina.

Avec sa robe blanche, il l'aurait remarquée tout de suite Perplexe, il rentra dans la cabine. C'est alors qu'il vit le journal, par terre.

Elle avait dû le lire ; sinon, il ne serait pas ainsi sur le plancher, déplié. Il le ramassa et lut la manchette :

ROOSEVELT EST REELU

Ce n'était sûrement pas cela qui l'avait secouée, se dit-il, à moins que quelque chose dans l'article...

Il le parcourut.

Il apprit ainsi que Harvey avait tout de même obtenu un pourcentage assez important des suffrages. Mais il n'y avait rien qui eût pu secouer Larina ou lui permettre de faire le moindre rapprochement entre l'élection et lui.

C'est alors que son regard se posa sur une rubrique en bas de page, intitulée : **Londres.**

Il la lut machinalement.

UN MEDECIN FOU
SE FAIT PASSER POUR LE CONSULTANT
DE LA FAMILLE ROYALE

VIVE INQUIÉTUDE POUR SES VICTIMES,
QUI SE CROIENT CONDAMNÉES A UNE MORT PROCHAINE

George Robson — qui, l'an dernier, avait été radié de l'ordre des médecins pour manquement aux règles professionnelles — accusé de s'être fait passer pour sir John Coleridge, médecin consultant de la famille royale, a été arrêté aujourd'hui à Londres.

Sir John, en vacances à l'étranger, avait laissé sa maison de Wimpole Street aux soins d'un gardien. George Robson en voulait particulièrement à sir John, qui siégeait au conseil de la British Medical Association qui l'avait condamné l'année dernière. Après s'être introduit au 55, Wimpole Street, il a enfermé le gardien dans une pièce du sous-sol et l'a étranglé. Empruntant les vêtements de sir John et se faisant passer pour lui, il a ensuite reçu, pendant un mois, les malades qui venaient consulter celui-ci ou demandaient un rendez-vous.

Robson prenait la précaution de n'examiner que les personnes qui, s'adressant à sir John pour la première fois, ne risquaient pas de le démasquer. L'imposture ne devait être découverte qu'au retour de vacances de l'éminent spécialiste, quatre jours avant la date prévue.

George Robson avait déjà quitté la maison depuis la veille. Mais, grâce aux récriminations d'un malade qui avait demandé un second diagnostic, sir John devait découvrir que Robson avait donné à toutes les personnes examinées au cours du mois précédent exactement vingt et un jours à vivre.

Il leur disait qu'elles souffraient d'une maladie cardiaque rare et mal connue, qu'il faisait autorité en la matière, et que leurs chances de survie étaient nulles.

Sir John s'efforce de retrouver toutes les personnes qui auraient eu affaire à George Robson, mais il ignore leur nombre et craint que les recherches ne prennent un certain temps.

Wynstan parcourut l'article une première fois, puis le relut plus lentement. Il comprit que se trouvait sans doute là l'explication de tout ce qui l'avait intrigué en Larina, et de ce secret qu'elle gardait.

Il fallait la retrouver et vite.

Bondissant sur le quai, il courut vers la promenade du bord de mer.

De toute évidence, Larina avait dû prendre à droite, où les maisons étaient plus rares et où, presque en face, une rue montait en direction de la colline.

Il l'emprunta ; mais, quand elle bifurqua à angle droit, menant, à gauche, à d'autres maisons et à des boutiques, il lui parut peu probable que Larina eût continué sa route de ce côté-là ; elle était sûrement partie vers la montagne.

Seul un sentier étroit et sinueux y conduisait. Mais Wynstan sentait qu'il devait se fier à son instinct et il était presque sûr qu'elle était passée par là.

Il s'engagea sur le sentier, regardant partout autour de lui et se réjouissant, tandis que tombait la nuit et qu'apparaissaient les étoiles, d'avoir la lune pour l'éclairer.

D'abord assez pâle, elle devint peu à peu plus brillante. Il n'y avait pas un nuage dans le ciel, et l'île fut bientôt baignée d'une lumière argentée, surnaturelle et enchanteresse.

Wynstan eut tôt fait de dépasser les oliviers. Devant lui, se dressaient maintenant des rochers aux formes tortueuses et bizarres.

Il continua de grimper, cherchant partout une forme blanche, qui, il le savait, ressortirait même parmi les rochers et les cailloux, d'un blanc mat au clair de lune.

Il avait bien dû s'écouler deux heures lorsqu'il vit enfin Larina, non pas au-dessus mais au-dessous de lui : une tache d'un blanc éclatant sur le blanc plus terne de la pierre sur laquelle elle était assise.

Ce n'est qu'en descendant vers elle qu'il s'aperçut qu'en réalité, elle était accroupie, tête baissée, se couvrant le visage de ses mains.

Plus rien ne pressait, maintenant, et il s'approcha d'elle lentement, sans bruit, pour ne pas l'effrayer.

Il resta debout un moment à la regarder dans cette attitude de poignant désespoir. Puis, s'agenouillant près d'elle, il l'entoura de ses bras.

Il la sentit agitée d'un tremblement convulsif.

— Là ! là ! calmez-vous, mon amour. Je comprends tout. (Un instant, il crut qu'elle allait lui résister, puis elle posa la tête au creux de son épaule.) Là ! là ! répéta-t-il. Vous n'avez plus rien à craindre, maintenant. C'est fini !

Tout en parlant, il s'aperçut qu'elle grelottait, à cause du choc, sans doute, et de l'air de la nuit, dont on sentait la fraîcheur dès que l'on restait immobile.

Il la mit debout et la souleva dans ses bras.

Elle eut un petit murmure de protestation, puis, lui passant un bras autour du cou, elle posa de nouveau la tête sur son épaule.

Wynstan se demanda souvent, par la suite, comment il avait réussi à porter Larina jusqu'en bas, avançant d'un pied sûr dans la pierraille et sur le sentier de chèvre, raide et sinueux, qui descendait de la colline vers le port.

Toujours est-il qu'il n'avait fait que quelques faux pas, sans jamais glisser.

Il arriva enfin au bateau, monta à bord avec Larina dans les bras, entra dans la cabine et la déposa sur une des banquettes.

Il voulut la faire allonger sur les coussins mais, avec un petit gémissement de protestation, elle resta accrochée à son cou.

— Je vais simplement vous chercher à boire, ma chérie, lui dit-il.

C'est alors qu'elle éclata en sanglots, des sanglots déchirants, convulsifs, qui la secouaient tout entière.

Il la serra tout contre lui, la berçant comme un petit enfant et lui murmurant des mots tendres.

— Là ! là ! ma douce, ma chère, ma précieuse petite Aphrodite. Vous n'allez pas mourir. Vous allez vivre. Il ne faut plus pleurer. Vous n'avez plus rien à craindre.

Peu à peu, ses sanglots s'apaisèrent, et Wynstan, avec son mouchoir, essuya ses yeux fermés et ses joues baignées de larmes.

— Pourquoi ne m'avoir rien dit ? lui demanda-t-il enfin, quand elle eut bu quelques gorgées du verre de vin qu'il portait à ses lèvres.

— Elvin avait dit... qu'il viendrait à moi si un jour j'avais besoin de lui..., si j'étais mourante... Je ne pouvais pas supporter l'idée... d'en parler à quelqu'un d'autre.

— Je vous comprends. Mais Èlvin, ma chérie, est mort.

— M... mort ?

Tout son corps se figea.

— Je l'ai assisté dans ses derniers moments et il a dit une phrase dont je saisis maintenant le sens. (Il savait que Larina l'écoutait attentivement et, à voix basse, il poursuivit :) Ses dernières paroles ont été : « C'est merveilleux d'être libre ! Dis-le à... » Je suis sûr, maintenant, que c'est votre nom qu'il s'apprêtait à prononcer ; mais s'il l'a fait, je ne l'ai pas entendu.

Larina inspira profondément.

— Quel jour... est-il mort ?

— Le 23 mars.

— Il avait dit... qu'il m'appellerait... lorsqu'il mourrait.

— Il s'apprêtait peut-être à le faire, répondit Wynstan en manière d'apaisement.

Larina poussa un petit cri.

— Qu'y a-t-il ? demanda Wynstan.

— Le 23 ? Je le savais... je le savais bien... Il est venu à moi, oui..., comme il l'avait promis.

— Comment cela ?

— A quelle heure est-il mort... ?

— Vers 10 heures du matin.

— N'y a-t-il pas cinq heures de décalage horaire entre New York et Londres ?

— Si, pourquoi ?

— Oui..., c'était bien cet après-midi-là ! Je suis allée à Hyde Park et je me suis assise au bord de la Serpentine. Parce que je me sentais... si seule, j'ai appelé Elvin... et il est venu... à sa façon... il est venu. (On sentait dans sa voix une exaltation très émouvante et, quand elle leva les yeux vers lui, Wynstan y vit des larmes... mais des larmes de bonheur, cette fois.) Il a tenu sa promesse... Mais j'ignorais qu'il m'apportait la vie... et la lumière.

— Il les a trouvées, lui aussi, dit Wynstan d'une voix grave.

— Je comprends, maintenant... Et je crois... que c'est lui qui vous a envoyé à moi.

— J'en suis persuadé. Mais pourquoi vous êtes-vous enfuie ?

Cachant son visage au creux de son épaule, elle lui murmura :

— J'ai tellement honte... de ce que j'ai dit. (Wynstan resserra son étreinte tandis qu'elle poursuivait :) Je ne suis pas très sûre... de ce que font un homme et une femme... quand ils s'aiment... mais ce doit être... merveilleux..., puisque les dieux prenaient forme humaine...

Sa voix s'en alla en mourant.

— Oui, mon amour, c'est merveilleux, entre deux êtres qui s'aiment.

— Je voulais mourir entre vos bras... en vous appartenant.

— Je vous ferai mienne, ma chère petite Aphrodite, et vous ne mourrez pas.

Tout devenait limpide, maintenant, pour Wynstan. Mais jamais Larina ne devrait savoir ce dont Harvey l'avait soupçonnée, ce que lui-même avait commencé à croire pendant le voyage depuis New York.

Harvey ne comprendrait jamais ce qui s'était passé en réalité, pas plus que Gary. Mais peut-être, un jour, arriverait-il à en parler à sa mère.

Pour le moment, il avait trouvé Larina et elle l'avait trouvé ; rien d'autre n'avait d'importance. Ils étaient ensemble et c'était exactement ce qu'aurait souhaité Elvin.

En lui baisant le front, il lui dit :

— Comme tout paraît simple soudain, ma chérie. Les difficultés, les complications, les secrets, tout a disparu comme par enchantement.

— J'ai l'impression de me retrouver en plein soleil au sortir d'un long tunnel. J'avais si peur..., si peur de la mort... et... de mourir seule... (Elle poussa un profond soupir.) Mais plus jamais je n'aurai peur maintenant... pas même lorsque viendra réellement ma dernière heure. Et c'est à Elvin que je le dois. (Puis, d'une toute petite voix, elle ajouta :) Et... à vous !

— Nous avons tant de choses à réaliser ensemble

avant de mourir ! s'exclama Wynstan. Vous disiez hier que j'avais une œuvre à accomplir, une œuvre utile à l'humanité. Il y a un projet qui, personnellement, m'intéresse beaucoup et qui, j'espère, vous plaira aussi.

— Lequel ?

— Lorsque j'étais aux Indes, le vice-roi, lord Curzon, m'a demandé de l'aider à retrouver et à restaurer les magnifiques temples et monuments de ce pays qui, laissés à l'abandon, se détériorent chaque année davantage. Ils font partie du patrimoine de l'humanité, et si personne ne prend la peine de les sauver et n'y consacre l'argent nécessaire, ils seront perdus pour la postérité. (Il lui baisa de nouveau le front avant d'ajouter :) Je crois, ma chérie, que c'est une tâche que nous pourrons accomplir ensemble et qui, de plus, nous passionnera.

— Voulez-vous... vraiment... de moi ? demanda Larina dans un murmure.

— Nous allons nous marier immédiatement. Et pour notre lune de miel, nous irons en Grèce.

Larina poussa un petit cri de joie et Wynstan ajouta :

— ... Cela vous ferait plaisir ?

— Je ne puis rien imaginer de plus merveilleux que de visiter la Grèce en compagnie... d'Apollon.

Elle put à peine prononcer les derniers mots, car la bouche de Wynstan était déjà sur la sienne.

Il l'embrassait passionnément et pourtant son baiser avait quelque chose de plus merveilleux, de plus surnaturel, de plus sacré qu'auparavant.

C'était comme s'ils étaient des dieux et qu'il l'emportât vers l'Olympe.

— Je vous aime, l'entendit-elle dire. Dieu, que je vous aime !

Mais, déjà, sa voix semblait lointaine, et il n'y avait plus que la lumière... la lumière aveuglante de la vie qui ne connaît pas de fin.

Barbara Cartland

Découvrez sans plus attendre les autres romans de Barbara Cartland, la reine incontestée du roman sentimental.
Voici la liste de ses romans actuellement disponibles.

La valse des cœurs
N° 828

C'est lui le désir de mon cœur
N° 953

L'amour au bout du chemin
N° 965

Le terrible secret de Giselda
N° 1003

Cœur captif
N° 1062

Les roses de Lahore
N° 1069

Les beaux messieurs de Pétrina
N° 1134

Le cavalier masqué
N° 1238

Le baiser du diable
N° 1250

Pour vivre avec Axel
N° 1286

L'air de Copenhague
N° 1335

L'amour à la barre
N° 1870

Les violons de l'amour
N° 1883

Pour l'amour d'un roi
N° 1913

Un comte cruel
N° 2099

Un mari chevaleresque
N° 2114

L'amour retrouvé
N° 2130

Le sable brûlant d'Hawaï
N° 2188

La victoire de l'amour
N° 2271

Dans les bras de l'amour
N° 2465

La princesse des Balkans
N° 2856

La fuite en France
N° 3002

Le carrousel de l'amour
N° 3089

Les ailes de l'amour
N° 3108

Rolfe et Zarina
N° 3218

Quand vient l'amour
N° 3237

Un amour en Hongrie
N° 3305

L'amour n'a pas de loi
N° 3420

Livrez-moi votre cœur
N° 3421

Un cœur qui chante
N° 3433

La princesse endormie
N° 3434

Le parfum des roses
N° 3488

Carola prise au piège
N° 3572

L'ombre du passé
N° 3615

Et si je l'aimais…
N° 3730

Le vœu d'Alicia
N° 5187

Et si ce n'était qu'un rêve ?
N° 5229

Le magicien de l'amour
N° 5261

L'amour travesti
N° 5302

Fuite sur le Nil
N° 5355

La conspiration de l'amour
N° 5653

L'amour n'avait pas de nom
N° 6352

Pour l'amour de l'Écosse
N° 6353

Princesse de mon cœur
N° 6374

Selina et le marquis
N° 6434

À la recherche de l'amour
N° 6491

À jamais conquise
N° 6508

L'amour résout tout
N° 6514

Sous le ciel d'Écosse
N° 6515

Escapade en Grèce
N° 6516

Un cœur au paradis
N° 6538

Tout est bien qui finit bien
N° 6539

Le manoir du bonheur
N° 6546

Le vaisseau de l'amour
N° 6570

Le pays magique de l'amour
N° 6571

Le cœur a ses secrets
N° 6572

Dans les bras de mon ennemi
N° 6580

Le choix de l'amour
N° 6606

L'étoile de l'amour
N° 6607

L'amour masqué
N° 6676

Une ravissante gouvernante
N° 6677

Le duc et la fille du pasteur
N° 6839

L'amour en Orient
N° 6868

Impératrice d'un jour
N° 6988

Un comte en fuite
N° 6989

Pour le salut de Katrina
N° 6995

Le double jeu de Sola
N° 6996

Symphonie amoureuse
N° 6997

Sur la route du bonheur
N° 6998

Tunis au clair de lune
N° 7000

Un cœur convoité
N° 7305

Vanda à la recherche de l'amour
N° 7469

La route du paradis
N° 7496

L'amour mène la danse
N° 7532

Pour les yeux de Jacina
N° 7533

Sous un ciel étoilé
N° 7567

Libre comme le vent
N° 7579

Le duc et son dilemme
N° 7580

Les joyaux de l'amour
N° 7610

À paraître en juin 2005

Comtesse Natacha
N° 1145

Prisonnière du cœur
N° 7643

Drena et le duc
N° 7644

---

2 romans pour 4,50 euros seulement

Le portrait de l'amour, *suivi de :* De l'enfer au paradis
N° 5880

Une épouse particulière, *suivi de :* Le sortilège des Antilles
N° 5990

Le parfum des dieux, *suivi de :* L'amour et Lucia
N° 6231

965

Achevé d'imprimer en France (Manchecourt)
par Maury-Eurolivres
le 25 avril 2005.
Dépôt légal avril 2005. ISBN 2-290-34632-2

Éditions J'ai lu
84, rue de Grenelle, 75007 Paris
Diffusion France et étranger : Flammarion